시작할 때 그 마음으로

• 법정 스님의 편지와 선시, 짧은 글에는 원래 제목이 없었으나, 이번 책을 엮으며
임의로 제목을 붙였다.

시작할때 그마음으로

법정이 우리의 가슴에 새긴 글씨

책읽는섬

"행복의 비결은 필요한 것을 얼마나 많이 가지고 있느냐가
아니라 내가 불필요한 것으로부터 얼마만큼 자유로운가에
달려 있습니다."

_1998년 2월 24일, 명동성당 강론에서

법정 스님의 자취가 깃든 불일암에 다녀왔다. 지금 그곳에서는 덕조 스님과 수좌 스님 한 분이 정진하고 계신다.

불일암이 서기 전 그 자리에는 자정암이 있었다. 1975년 칠성 스님이 머물다 떠난 뒤로는 비어 있었다. 자정암 시절의 암자 모습을 기억하는 사람은 많지 않다.

서울 봉은사 다래헌에 계시던 법정 스님께서 재출가의 의지로 몇 군데 토굴 터를 둘러보시고는 자정암에 오르셨다. 남향으로 햇볕이 좋고 샘물도 맛이 좋았다. 마침 매화가 향기를 뿜어내고 있었다. 당시 법정 스님께는 샘터사로부터 받은 원고료 250만 원이 있었다. 그 돈을 건축 자금으로 하여 불일암 불사가 시작되었다. 낡은 자정암 건물을 헐어내고 쓸 만한 목재와 기와를 수습하여 지금 식당채로 쓰이는 하사당을 지었다.

불일암 본체는 팔작 한옥으로 14평이다. 법정 스님께서 직접 설계하셨다. 인법당으로 예불 공간과 명상실이 있고, 책 읽고 글을 쓰는 서재가 있다. 또 작은 다실이 있고 군불 지피고 더운 물 사용하는 정재간이 있다. 정재간 다락은 책을 정돈해두는 서재로 사용하였다. 불일암 본체를 지을 목재와 기와는 인부를 동원하여 등짐으로 져 나른 것이다. 길부터 개설하고 자재를 나르는 요즘의 방식이 아니라 옛길을 보존한 채 2킬로미터 거리를 등짐을 져서 목재 하나 기와 한 장이 불일암까지 올라온 것이다.

불일암을 짓기 시작한 1975년 4월에 나는 송광사로 출가하였다. 그리고 인부들의 밥과 부식을 두 손에 들고 불일암을 오르내렸다. 지금 생각하면 공사 현장에서 밥과 부식을 준비할 수 있는데 큰 절에서 져 나른 것이다.

마침내 1975년 11월 2일, 효봉 노스님의 기일에 맞추어 불일암 낙성을 가졌다. 그날 수계식을 했으니 나와 불일암의 출가 나이가 같은 것이다. 그때 심은 후박나무 묘목이 고목으로 자랐다. 손수 심은 나무 아래 스님의 유해가 뿌려졌다.

스님께서 육신의 옷을 벗고 열반에 드신 지도 7년이 다가온다.

지난 2010년 9월 3일, 연세대학교 백양관에서 '이웃 종교의 같음과 다름'이라는 주제로 학술회의가 열렸다. 우리나라 3대 종교의 대표적인 어른이라고 할 수 있는 김수환 추기경, 강원용 목사, 법정 스님의 종교 교류 활동과 다른 종교를 바라보는 인식을 조명하는 자리였다. 나는 그 자리에서 법정 스님이 바라본 이웃 종교의 같음과 다름이라는 주제로 발표를 했다. 발제문을 준비하는 과정에서 크리스천아카데미도 방문하고 함석헌 선생이 주관하셨던 〈씨알의 소리〉편집국에도 찾아가 스님의 생전 활동을 직접 들어 볼 수 있었다. 강원용 목사님이 주관하신 크리스천아카데미는 스님께서 운영위원으로 활동하셨고 〈씨알의 소리〉편집위원으로도 적극적으로 참여하신 사실을 알게 되었다.

길상사 낙성법회에 김수환 추기경께서 내빈으로 참석하여 큰 화제가 되었다. 그 후 답례 형식으로 명동성당의 초대에 응하여 법정 스님 강론이 이어졌다. 성당 제대 앞에서 강론하는 모습의 사진과 뉴스는 많이 소개되었지만 정작 강론 내용은 구할 수가 없었다. 명동성당 측에 문의해 보았지만 동영상은 준비하지 않았다고 했다.

부산에 계신 이해인 수녀님께 말씀드렸더니 녹음 CD를 갖고 있다고 하셨다. 기쁜 마음으로 CD를 복제하여 그 내용의 일부를 소개할 수 있었다. 이 책을 통해 명동성당 강론 내용 전체를 소개할 수 있는 인연에 감사드린다. 이해인 수녀님의 도움이 없었다면 영원히 묻혀 버릴 수도 있었기 때문이다.

대원사에는 티벳박물관이 있다. 법정 스님 입적 후에 박물관 기획전 시실에서 법정 스님 선묵전을 개최하였다. 내게 써 주신 작품 몇 점과 법정 스님을 가까이서 모셨던 분들의 도움을 받아 특별전을 열고 '무소유의 향기'라는 제목으로 도록 형식의 선묵집을 만들었다. 특별전이 끝난 뒤에는 잊고 지냈다. 그런데 올 여름에 열림원 출판사의 임프린트인 책읽는섬으로부터 연락이 왔다. 법정 스님 선묵과 법정 스님의 종교 교류 활동 발제문을 엮어 한 권의 책으로 펴내고 싶다는 것이었다. 법정 스님과 관련한 일을 하다 보면 구설수가 많이 따른다. 맑고향기롭게 이사장직을 사임하면서 스님 일에는 일절 관여하지 않기로 작심하기도 하였다. 이번 부탁을 받고 조금 고민을 하다가 그 뜻에 따르기로 하였다.

이제 스님 가신 지도 7년이 다가온다. 길상사에서 1년에 한 번 보시는 기일 외에는 행사가 별로 없다. 드러내지 않고 일하는 것도 좋지만 스님의 사상을 사회화시키는 일에 조금 소홀하다는 생각이 든다. 요즘 나라에도 어른이 없고 불가에도 어른이 없다. 스님의 종교 교류 활동과 스님께서 남기신 선묵을 통해서 무소유의 향기가 전해지기를 바란다.

이제 우리는 병신년을 보내고 닭의 해를 맞이한다. 새벽닭의 울음소리에 어둠이 물러가고 새 날이 밝아온다. 처음 시작하는 마음으로 새 날이 밝아오기를 기원한다.

사랑의 꽃이 피고
지혜의 달이 뜬다.

2016년 12월 15일,
대원사 아실암에서 현장, 쓰다

산이 나를 에워싸고
밭이나 갈면서 살아라 한다
: 법정 스님이 애송한 짧은 시

지금 이 자리에서 이렇게,
매일 피어나는 꽃처럼
: 법정 스님의 편지

우리가
선택해야 할
맑은 가난

법정 스님의 명동성당 강론

●

1998년 2월 24일, 법정 스님은 명동성당에서 강론을 했다. 김수환 추기경이 길상사

개원법회에 참석하여 축사한 것의 답례 성격으로 이루어진 일이었다. 나는 그동안 법

정 스님이 명동성당에서 강론했다는 소식만 알고 그 내용은 몰랐다. 다행히 이해인

수녀님이 당시의 강론을 녹취한 녹음 CD를 보내와 스님의 강론을 접할 수 있었다.

스님께서는 강론에 앞서 이렇게 인사했다.

"명동성당 축성 100주년을 맞이하는 올해 이 자리에서 강론을 하게 해 주신 천주님

의 뜻에 거듭 감사드립니다."

성당을 가득 메웠을 신자들의 뜨거운 박수 소리가 이어진다.

성당의 제대 앞에 서 있는 잿빛 승복의 승려라니…… 참으로 진풍경이었을 것이다.

가난을 배우라

경제가 어려울 때일수록 우리가 각성해야 할 것은 경제 때문에 관심 밖으로 밀려난 인간존재입니다. 너무 경제, 경제 하면서 인간의 문제가 뒷전으로 밀리고 있습니다. 인간의 윤리적인 규범이 사라져 가고 있습니다. 양심이 마비되고 전통적인 가치가 사라져 가고 있습니다.

돈 몇 푼 때문에 사람이 사람을 죽입니다. 대량생산과 대량소비의 미국식 산업구조 속에서 쓰다가 버리는 나쁜 생활습관으로 인해서 물건뿐 아니라 우리는 인간의 고귀한 덕성까지 버리고 있습니다.

이제 우리는 새삼스럽게 가난의 덕을 배우고 익힐 때가 되었습니다. 수도원의 규칙서 첫 장을 보면, '수도자는 먼저 가난해야 한다'는 말씀이 있습니다. 가난하지 않고는 보리심, 진리에 대한 각성이 이루어지지 않습니다.

주어진 가난은 극복해야 할 과제이지만 스스로 억제하면서 선택한 맑은 가난, 청빈은 절제된 아름다움이며 삶의 미덕입니다. 마음속의 온갖 욕망과 자기 자신에 대한 집착으로부터 자유롭게 되었을 때 사람은 비로소 전 우주와 하나가 될 수 있습니다.

욕망과 아집에 사로잡히면 자신의 외부에 가득 차 있는 우주의 생명을 받아들일 수 없습니다. 그래서 소유물을 최소한으로 줄여서 스스로를 우주적인 생명으로 승화시킨 것이 바로 맑은 가난, 청빈입니다. 물질적으로 풍요로운 생활 속에서는 사람이 타락하기 쉽습니다.

얼마나 친절했느냐,
얼마나 따뜻했느냐?

청빈의 덕을 쌓으려면 어떻게 해야 할까?

첫째, 따뜻한 가슴을 지녀야 합니다.

우리 둘레에 편리한 물건은 한없이 쌓여 있습니다. 그것들을 사용하면서 우리는 과연 행복해졌는가, 물어야 합니다. 단추 하나만 누르면 밥이 되고 세탁이 되고 냉장이 됩니다. 이렇게 편리한 연장을 쓰면서 행복을 얼마나 느끼고 그런 사실을 고마워하고 있는가? 우리가 많은 것을 차지하고 살면서도 행복할 수 없는 것은 인간의 따뜻한 정을 잃어 가고 있기 때문입니다.

사람은 머리만 가지고는 제대로 살 수 없습니다. 머리의 회전만을 중시하는 사회는 아주 냉혹하고 살벌해집니다. 산업사회와 정보화 사회는 머리만 존재할 뿐 따뜻한 가슴이 끼어들 틈이 없습니다. 온갖 종류의 부정과 비리, 사기와 횡령, 한탕주의 등 사회악의 저변에는 간교한 머리가 작용하고 있습니다. 심장과 가슴은 작용하지 않습니다. 인재를 뽑는 대학에서 머리의 회전만을 중시하고 있습니다. 믿음은 머리에서 나오지 않습니다. 믿음은 가슴에서 나옵니다.

우리가 세상을 살아가면서 가장 마음 써야 할 것은 오늘 만나는 이웃들에게 좀 더 친절해지는 것입니다. 내가 오늘 친구를 만났다면 내 안에 있는 따뜻한 기운이 전해져야 합니다. 그것이 친구를 만나는 것입니다. 따뜻한 가슴에서 나오는 친절이야말로 모든 삶의 기초가 되어야 합니다. 알베르 카뮈의 소설에 보면 이런 구절이 있습니다. '우리들 생애의 저녁에 이르면 우리는 얼마나 이웃을 사랑했는가를 두고 심판받을 것이다.' 나 자신도 이 구절을 읽으며 많은 반성을 했습니다. 내가 이웃을 만나면서 얼마나 친절하고 따뜻한 가슴을 전했느냐? 생각하니 몹시 부끄럽고 두려웠습니다. 이웃을 기쁘게 하면 내 자신이 기뻐지고 이웃을 언짢게 하거나 괴롭히면 내 자신이 괴로워집니다.

따뜻한 가슴을 지녀야 청빈의 덕이 자랍니다. 우리가 불행한 것은 경제적인 결핍 때문이 아닙니다. 따뜻한 가슴을 잃어버렸기 때문입니다.

청빈은 절제된 아름다움이며 수도자의 가장 큰 미덕이며 사람을 사람답게 만드는 기본적인 조건입니다. 예전부터 깨어 있는 정신들은 자신의 삶을 절제된 아름다움으로 가꾸어 나갔습니다.

필요와 욕망의 차이를
가릴 줄 알아야 합니다

둘째, 청빈의 덕을 쌓으려면 만족할 줄 알아야 합니다.

마하트마 간디는 이렇게 말합니다. '이 세상은 우리의 생존을 위해서는 풍요로운 곳이지만 우리의 탐욕을 채우기 위해서는 궁핍한 곳이다.' 한정된 지구 자원이 고갈되어 가고 있습니다. 환경학자들에 따르면 21세기까지 지구가 이대로 존속될 수 있느냐 없느냐, 그게 걱정이라는 것입니다. 왜냐하면 우리 시대에 와서 한정된 자원을 인간의 탐욕을 위해서 너무나 많이 고갈시키고 있기 때문입니다.

우리는 수천 년 동안 풍요의 은혜를 누리며 살아왔습니다. 20세기 후반에 와서 지구 자체가 자정력을 잃고 재생할 힘을 잃어 가고 있습니다. 그렇기 때문에 엘니뇨니 뭐니 하면서 지구 환경 전체가 커다란 이변을 일으키고 있습니다. 지구에 사는 우리들이 고마운 자원을 함부로 소비하고 있기 때문에 지구에 이변이 오고 있습니다. 우리 시대에 와서 어머니 지구가 몸살을 하고 중병을 앓고 있습니다.

오늘날 우리는 물질적인 풍요 속에 살고 있습니다. 그러나 정신적으로는 궁핍합니다. 20~30년 전에 우리는 연탄 몇 장, 쌀 몇 되만으로도 행복해지고 고마워할 수 있었습니다. 지금은 훨씬 많은 것을 차지하고 살면서도 고마움을 느끼지 못합니다. 그것은 필요한 것과 불필요한 것을 가릴 줄 모르기 때문입니다. 행복의 비결은 필요한 것을 얼마나 많이 가지고 있느냐가 아니라 내가 불필요한 것으로부터 얼마만큼 자유로운가에 달려 있습니다.

옛말에 '위에 견주면 모자라고 아래에 견주면 남는다'고 했습니다. 이 말은 행복을 찾는 오묘한 비결이 어디에 있는가를 깨우쳐 줍니다. 안으로 충만해지는 일은 밖으로 부자가 되는 일 못지않게 인생에서 중요한 몫입니다. 우리는 아무런 잡념 없이 이웃을 위한 기도를 올릴 때 마음이 너그러워지고 행복해집니다.

대승불교의 위대한 스승인 나가르주나는 도둑맞은 친구에게 이렇게 편지를 씁니다. '그대가 항상 만족해 있다면 그대가 가진 모든 것을 도둑맞는다 할지라도 그대는 스스로 부자로 여기리라. 그러나 만족할 줄 모른다면 그대는 돈과 재산의 노예일 뿐이다.'

오늘날 우리는 무엇을 가지고도 만족할 줄 모릅니다. 이것은 현대인들의 공통적인 병입니다. 늘 갈증 상태입니다. 겉으로는 번쩍거리면서 잘사는 것 같아도 정신적으로는 초라하고 궁핍합니다.

크고 많은 것만을 원하기 때문에 작은 것과 적은 것에서 오는 살뜰함과 아름다움을 잃어버렸습니다. 행복은 아름다움을 느끼는 감성과 작은 것에서 고마움을 느끼는 살뜰한 마음에서 생겨납니다. 행복은 어려운 이웃을 돕고 사람들과 정을 나누는 일에서 피어나는 들꽃 같은 것입니다.

나는 산중에서 채마 밭을 매다가 한 잔의 차를 우려 마시면서 행복을 느낄 때가 있습니다. 모든 인연에 감사하고 삶을 고맙게 느낍니다. 산길을 가다가 무심히 피어 있는 들꽃을 보고도 행복해집니다. 또 다정한 친구로부터 들려오는 목소리, 전화 한 통화를 통해서도 우리는 행복해질 수 있습니다.

행복은 이와 같이 일상적이고 사소한 데에 있는 것이지 크고 많은 것에 있지 않습니다. 현대인들이 많은 것을 소유하고도 정신적으로 공허하고 갈증 상태에 있는 것은 아름다움과 살뜰함을 잃어버리고 크고 많은 것에서 행복을 구하기 때문입니다.

우리는 필요와 욕망의 차이를 가릴 줄 알아야 합니다. 욕망은 자기 분수 밖의 바람이고 필요는 생활의 기본 조건입니다. 필요에 따라 살되 욕망에 따라 살지는 말아야 합니다. 하나가 필요할 때 하나만 가져야지 둘을 갖게 되면 하나마저 잃게 됩니다.

내가 선물 받은 예쁜 다기가 있어 소중하게 사용하고 있습니다. 대만 여행 중 똑같은 다기가 있어 구입해 왔더니 처음의 예쁘고 살뜰한 맛이 없어졌습니다. 깊이 생각해 보십시오. 그것은 물건만이 아닙니다. 애인이 둘이 되면 하나마저 잃게 되는 경우가 많습니다.

이런 것은 소극적 삶의 태도가 아니라 지혜로운 삶의 길입니다. 물건에 집착하면 그 물건이 인간존재보다 소중한 것이 되어 버립니다. 비싼 물건 사다 놓고 친구들 불러 뽐내고 자랑 치다가 가정부가 깨뜨려 버렸습니다. 그러면 야단이 납니다. 인간을 제한하는 소유물에 사로잡히면 소유의 비좁은 골방에 갇혀서 정신의 문이 열리지 않습니다.

작은 것과 적은 것으로 만족할 줄 알아야 합니다. 그것이 청빈의 덕입니다.

욕심은 부리는 것이 아니라
버리는 것입니다

셋째, 청빈의 덕을 쌓으려면 단순하고 간소하게 살아야 합니다.

가끔 언론에서 인터뷰를 할 때 스님의 소원은 무엇입니까, 하고 물으면 개인적인 소원은 보다 간소하고 단순하게 사는 것이라고 대답합니다.

어떤 사람은 대통령이 되고 싶어서 책상 앞에 어린 시절부터 '대통령'이라고 써서 주문을 외웠다고 합니다. 저는 부엌 벽에 '보다 단순하고 보다 간소하게' 이렇게 낙서를 해 놓았습니다.

단순과 간소함이란 본질적인 세계입니다. 단순과 간소함이란 불필요한 것들을 덜어내고 필요 불가결한 것, 꼭 있어야 할 것만으로 이루어진 결정체입니다. 그것이 바로 단순과 간소입니다. 복잡한 것들을 다 소화하고 나서 어떤 궁극에 다다른 경지, 그림으로 치면 수묵화 같은 것입니다.

그 먹은 단순히 검은 빛이 아닙니다. 그 속에 모든 빛이 다 갖추어져 있습니다. 단순과 간소는 다른 말로 하자면 침묵의 세계이며 텅 빈 충만의 경지입니다.

여백과 공간의 아름다움은 단순과 간소에 있습니다. 우리는 흔히 무엇이든지 넘치도록 가득 채우려고 하지 텅 비울 줄을 모릅니다. 텅 비어야 그 안에서 영혼의 메아리가 울립니다. 텅 비어야 거기에 새로운 것이 들어갑니다.

한 생각 버리기 위해 모든 것을 포기할 때 거기서 어떤 영혼의 메아리가 울립니다. 텅 비었을 때 그 단순한 충만감 그것이 바로 하늘나라를 얼핏 체험하는 순간입니다.

저는 이렇게 생각합니다. 마음이 가난한 사람은 행복합니다.

남보다 적게 가지고 있어도 기죽지 않고 그 단순과 간소함 속에서 삶의 기쁨과 순수성을 잃지 않는 사람이야말로 인생을 살 줄 아는 사람입니다. 그 사람이 신의 사람이고 청빈의 화신입니다. 그것은 모자람이 아니고 충만입니다. 이렇게 사는 사람은 하늘나라가 그들의 것입니다.

욕심은 부리는 것이 아니고 버리는 것입니다. 욕심을 버린 수행자는 후세에까지 영원히 빛을 발합니다. 제가 이렇게 가난을 강조하는 것은 궁상스럽게 살라는 것이 아닙니다. 우리가 너무 넘치는 것만을 원하기 때문에, 제정신을 차리고 우리의 삶을 옛 스승들의 거울에 스스로를 비추어 보자는 뜻입니다.

청빈은 경제위기를 극복하기 위한 일시적인 생활 방편이 아닙니다. 우리가 두고두고 배우며 익혀 가야 할 항구적이고 지속적인 생활규범이 되어야 합니다. 왜냐하면 이 지구촌에는 우리가 나누고 살아야 할 어려운 이웃들이 많기 때문입니다.

'지구의 자원은 인간의 생존을 위해서는 부족함이 없다. 그러나 인간의 탐욕을 채우기에는 턱없이 부족하다'는 간디의 말처럼, 청빈의 상대개념은 부자가 아니라 탐욕입니다.

절제된 미덕인 청빈은 그저 맑은 가난이 아니라 나누어 갖는다는 뜻입니다. 탐자貪字는 조개 패貝 위에 이제 금今자를 씁니다. 빈자貧字는 조개 패 위에 나눌 분分자를 씁니다.

과거 중국에서는 화폐의 기능을 조개껍데기가 했습니다. 화폐를 움켜쥐고 있는 것이 탐욕입니다. 손에 쥔 화폐를 나누는 것이 청빈입니다. 청빈이라는 말, 가난이라는 말은 나누어 갖는다는 뜻입니다.

사람들에게 만약 가난이 없었다면 나누어 가지는 것을 몰랐을 것입니다. 내가 가난을 겪어 봄으로써 이웃의 어려움에 눈을 돌리게 됩니다.

프란치스코 성인의 논리를 빌리자면 가난은 우리 자신을 떨어뜨리는 것이 아니라 들어 올리는 것입니다. 어려운 처지에 있는 이웃과 나누어 가질 때 그것은 우리 자신을 높이 들어 올리는 일이 됩니다. 우리가 지금 마주치고 있는 경제위기는 우리 자신을 떨어뜨리지 않고 높이 들어 올리는 계기가 되어야 합니다. 그러기 위해서는 우리 이웃들과 나누어 갖는 뜻을 거듭거듭 생활화시켜야 합니다.

순례자처럼 나그네처럼 길을 가십시오

우리는 순례자나 나그네처럼 살아가야 합니다.

프란치스코 성인은 죽음이 다가왔을 때 형제들에게 말씀하셨습니다. '가난과 겸손을 보다 온전하게 지키기 위해서는 형제들의 모든 집과 움막은 반드시 흙과 나무로만 지어야 한다.'

나는 이 글을 읽으면서 많은 영감을 얻었습니다. 수도자가 사는 집은 흙과 나무로 지으면 자연히 검소하게 됩니다. 그리고 그런 수도원을 그들의 소유로 하지 말고 그 속에서 순례자나 나그네처럼 살아야 한다고 하였습니다.

진짜 우리가 살 줄 안다면 순례자나 나그네처럼 살 줄 알아야 합니다. 인생은 나그네 길이라는 노래도 있듯이 순례자나 나그네는 어디에도 집착하지 않습니다. 그는 여행의 목적에만 충실하며 그날그날 배우고 나누며 살아갑니다.

옛 사람들은 어렵고 가난한 생활 가운데서도 아주 편안한 마음으로 도를 즐길 줄 알았습니다. 안빈낙도安貧樂道라는 말이 그것입니다. 우리 선인들의 낙천적인 생활태도를 우리는 배워야 합니다.

우리 핏속에는 그런 낙천적인 DNA가 흐르고 있습니다. 어려운 때라고 찌푸리고 걱정하는 태도만 가지고는 길이 열리지 않습니다. 이럴 때일수록 낙관적인 생활태도를 가져야 합니다. 밤낮 우는 소리하는 집안은 울음에서 벗어날 수 없습니다. 똑같은 어려움 속에서도 잠도 잘 자고 낙관적으로 웃는 사람은 웃을 수 있게 삶이 열립니다. 명상 서적을 읽어 보면 우주의 기운은 자력과 같아서 어두운 마음을 지니고 근심 걱정에 사로잡혀 있으면 어두운 기운이 몰려온다고 합니다.

우리가 밝은 마음을 지니고 낙관적으로 밝게 살면 밝은 기운이 우리에게 몰려옵니다. 일리가 있는 말입니다. 어려운 때일수록 희망적이고 긍정적인 생활태도가 필요합니다. 어떤 사람이든지 어떤 집안이든지 근심 걱정은 다 있습니다. 남들이 보기에 저 사람은 고민거리가 없을 것 같아도 각자 걱정과 근심이 있습니다. 그게 각자 인생의 무게이고 빛깔이고 숙제입니다.

우리는 이 세상에 태어날 때 한 물건도 가지고 오지 않았습니다. 빈손으로 온 것입니다. 그렇기에 가난한들 손해 본 것이 아닙니다. 또 살 만큼 살다가 이 세상을 하직할 때 한 물건도 가져갈 수 없습니다. 재산이 많고 부유한들 죽음 앞에 무슨 이익이 있겠습니까?

내 것이 어디 있겠습니까? 우주의 선물, 하느님의 선물을 내가 잠시 맡아서 관리할 뿐입니다. 관리를 잘하면 그 기간이 연장이 되고 관리를 잘못하면 당장 회수 당하게 됩니다. 우리는 모두 빈손으로 왔다가 빈손으로 돌아갑니다.

살 만큼 살다가 인연이 다해서 저승사자가 찾아올 때나 하느님께서 부를 때 아무것도 가지고 갈 수가 없습니다. 그러니 부유한들 무슨 이익이 되겠습니까? 이렇게 생각하면 어떤 지혜가 생깁니다.

이런 옛 시조가 있습니다.

　십 년을 경영하여 초가삼간 지어내니
　나 한 칸 달 한 칸에 청풍 한 칸 맡겨두고
　강산은 들일 데 없으니 둘러놓고 보리라

이런 시조야말로 청빈의 아름다움을 노래한 것입니다. 문명은 사람을 병들게 하지만 자연은 사람을 거듭나게 합니다. 자연과 더불어 살 때 사람은 시들지 않고 삶의 기쁨을 누릴 수 있습니다.

　벽이 무너져 남북이 트이고
　추녀가 성글어 하늘이 가깝다
　가난하다고 말하지 말게
　바람을 맞이하고 달을 먼저 본다네

화엄경의 이치에 통달했던 환성 지안선사의 게송입니다. 스스로 선택한 청빈은 단순한 가난이 아니고 삶의 운치입니다. 옛 사람들은 가난을 풍류로까지 승화시켰습니다.

우리 앞에는 항상 오르막길이 있고 내리막길도 있습니다. 이 중에서 하나를 선택해야 합니다. 오르막길은 어렵고 힘들지만 인간의 길이고 정상에 이르는 길입니다. 내리막길은 쉽고 편리하지만 그 길은 짐승의 길이고 구렁으로 떨어지는 길입니다.

우리는 오르막길을 통해서 뭔가 뻐근한 삶의 저항도 느끼고 창의성도 개발할 수 있습니다. 새로운 삶의 의지도 다지고 우리는 거듭 태어날 수 있습니다. 어려움을 겪지 않고는 거듭 태어날 수 없습니다. 우리는 그동안 너무 안이하게 흥청거리면서 과시하고 과소비하면서 살아왔습니다. 세상이 달라지기를 바란다면 우리들 한 사람 한 사람이 달라져야 합니다.

●

스님의 명동성당 강론 녹취록은 여기서 끝을 맺는다.

여기에 옮긴 내용은 '글'이라는 형식과 '책'이라는 공간에 맞게 일부를 다듬은 것이다.

스님의 카랑카랑한 목소리가 아직도 귓가에 맴돈다.

사랑은
아직 끝나지 않았다

법정 스님의 종교 교류 활동

•

이어지는 글은 한국기독자교수협의회의 초청으로 발제했던 것이다. 다소 딱딱할 수 있는 내용의 글을 이 책에 싣는 것은 나의 이 미비한 글을 통해 법정 스님의 인간적인 면모와 그리 알려지지 않은 행적이 드러나기 때문이다. 주제는 종교 간의 교류였고, 발제의 모범으로 삼은 인물은 물론 법정 스님이었다.

그때의 발제문을 책의 취지에 맞게 일부 손보았음을 밝힌다.

자신의 믿음에는 신념을,
타인의 믿음에는 존중을

먼저 이 자리에 불러 주신 한국기독자교수협의회 회장이신 이정배 교수님과 이곳까지 인도해 주신 주님의 뜻에 감사드리며 인사 올립니다. 이것은 법정 스님께서 이런 자리에서 인사하는 방식입니다. 오늘 발제 내용도 스님의 종교 교류의 행적을 찾아서 스님의 목소리를 직접 전하는 방식으로 준비했습니다. 법정 스님의 행적을 돌아보고 인간관계와 사회 활동을 살펴면서, 스님의 다양한 역할을 발견하게 되었습니다.

큰 흐름에 따라 법정 스님의 활동 영역을 10가지로 분류해 보았습니다.

1. 선 수행자와 명상가
2. 경전 번역가
3. 문필가
4. 민주화 운동기
5. 불교 개혁가
6. 자연주의자이며 생태 철학가
7. 무소유 전도사
8. 아름다움을 추구한 미학가
9. 차(tea) 문화를 사랑한 다인※ᄉ
10. 종교 교류 활동가

이 가운데 오늘은 종교 교류 활동가로서의 법정 스님에 초점을 맞추어 행적을 조명해 보도록 하겠습니다.

서양 사회의 종교 교류에 앞장서시는 티베트 불교의 법왕 달라이 라마는 한국의 여성 수도자 모임인 삼소회 회원들을 만난 자리에서 자기 종교에는 신념을 가져야 하지만, 이웃 종교에는 존중의 마음을 가져야 된다고 했습니다. 그는 종교 교류를 심화시키는 다섯 가지 방법을 이야기했습니다.

1. 종교학자들 간의 학술 세미나를 통한 교류와 만남
2. 각 종교 수도자들과 영성 체험을 나누는 만남
3. 각 종교 지도자들의 교류와 만남
4. 이웃 종교의 성지를 순례하는 기회를 갖는 것
5. 사회적인 문제에 종교가 서로 힘과 지혜를 모아 협력하는 것

법정 스님께서는 달라이라마가 제안한 다섯 가지 방법을 너무도 완벽하게 실천하여 종교 교류의 큰 모범을 보여 주었습니다. 그 이야기를 할까 합니다.

저의 불일암 시자 시절을 돌이켜보면, 스님께서는 불자들보다 천주교인이나 개신교인을 더욱 마음으로 배려하시는구나 하고 느낄 때가 많았습니다. 스님 글을 읽고 불일암을 찾아오는 이들 중에는 기독교인이 많았는데, 특히 천주교 신자들이 많았습니다. 스님께서는 그들을 천주 보살이라고 부르셨고, 시간이 흐르면서 천주교인들은 스스로를 '천불교 신자'라고 부르곤 했습니다. 그러니까 법정 스님께서는 뜻하지 않게 '천불교' 교주가 되신 셈이지요.

유럽 여행 중에 장익 주교님의 도움으로 베네딕토 성인의 수행처였던 수비아코를 참배하며 묵상에 잠기시고는 성 베네딕토 수도 규칙을 '맑고향기롭게' 소식지에 소개하기도 하셨습니다. 그리고 스님이 존경하던 프란치스코 성인이 계셨던 아시시를 둘러보면서 마치 인도의 불교 성지를 참배할 때처럼 아주 크나큰 성스러움과 성인에 대한 존경심이 우러나왔다고 고백한 적도 있으셨습니다.

종교를 바꿀 생각은 하지 마라

법정 스님의 다비식을 앞두고 강원도 오두막을 찾은 적이 있습니다. 18년 이상을 머무셨던 암자 주변에는 스님이 손수 심어 놓은 자작나무들이 숲을 이루어 신성한 빛을 내뿜으며 스님의 고결한 영혼처럼 빛나고 있었습니다.

보통 나무들은 꽃과 잎, 열매 등의 모양을 따서 꽃말과 이름을 짓지만, 자작나무는 기름기 머금은 흰 나무껍질이 자작자작 불에 타는 소리를 따서 이름을 붙였다고 합니다. 결혼식을 할 때 화촉樺燭을 밝힌다고 하는데, 이 말은 자작나무를 칭하는 백화목白樺木의 樺자에서 유래되었다고 합니다. 고대 사회에서부터 불씨를 일구었던 자작나무 껍질로 인해서 생겨난 말입니다.

백두산의 자작나무 숲을 보면, 백의민족의 웅혼한 기상을 느끼게 하는 아름다움이 있습니다. 화중생련火中生蓮, 관도 수의도 없이 평소 입던 승복 위에 가사만 한 장 덮은 스님의 육신을 태우는 불길이 연꽃으로 변하면서 자작자작 소리를 내고 있었습니다. 작은 불씨들이 검은 하늘로 솟아오르며, 사람들 가슴속에 한 점 불씨로 타오르는 것을 보았습니다. 그 불씨는 청정과 청빈의 불씨이며, 친절과 자비의 불씨였습니다. 이제 그 불씨를 키우는 일은 살아남은 저희들의 몫이라고 생각합니다.

다비식 날 불일암에 올랐습니다. 저는 스님께서 불일암을 짓기 시작할 때 출가하여, 불일암 낙성식(1975년 9월 2일) 때 수계했기에 불일암과 출가 나이가 같습니다. 그런 이유로 더욱 불일암을 찾았습니다. 그날 불일암 마당에 한 손에 묵주를 돌리며 기도하는 중년의 남자가 있었습니다. 그는 목포 초당대 교수 문현철이라고 자신을 소개했습니다. 그분이 간직한 자기만의 법정 스님 이야기를 듣고, 정말 가슴이 뭉클했습니다. 이제껏 알지 못했던 법정 스님의 진면목과 종교의 틀을 넘어선 넓은 뜰을 보는 듯했습니다.

방황하던 10대의 어느 날, 그는 담임선생님의 권유로 법정 스님의 작품《산방한담》을 읽고 불일암을 찾아가 당돌한 질문을 던짐으로써 법정 스님과 인연을 맺게 되었습니다. 어려서 부모를 잃고 할머니 뒷바라지로 조선대학교 법대 1학년 1학기를 마쳤지만 등록금을 마련하지 못해 학업을 포기하려고 했을 때, 스님께서 등록금 고지서를 광주 베토벤 음악 감상실에 맡겨놓으라고 하셨답니다. 그때부터 졸업할 때까지 빠짐없이 등록금을 부쳐주었답니다. 어려운 친구가 있으면 소개하라 해서 가난한 친구 세 명을 소개해 그들도 졸업 때까지 스님께서 도와주었습니다. 그들은 이제 대학 교수가 되고, 병원 의사가 되었지만 스님을 직접 뵌 적은 없었습니다. 스님께서는 도움 받은 사실을 일절 입 밖에 내지 못하게 해서 지금까지 그 사실을 아무에게도 말할 수 없었는데, 스님 다비식을 모신 후에야 말한다고 하였습니다.

대학 다닐 때, 가톨릭 입문을 준비하던 문현철 교수는 다니던 성당에서 영세를 받았습니다. 그런데 바로 그날 교통사고를 당해 2주일 간 사경을 헤매고 5개월 동안 병원에 입원하여 치료를 받았습니다. 퇴원하자마자 송광사 불일암을 찾았습니다.

법정 스님은 홀쭉해진 몸을 보고 "어디 아팠어?" 하고 물었습니다. 그는 "하느님이 계시다면, 나를 친 차를 붙잡아주지 않고 영세 받은 날 교통사고가 나게 할 수 있습니까? 나도 스님처럼 불교를 믿고 싶습니다."고 하였습니다. 그 말을 들은 스님은 빙그레 웃으시며, "천주님은 그런 만화 같은 일을 하는 분이 아니다. 이런 아픔을 통해 네가 더욱 성숙해져 더 큰 시련도 이겨낼 수 있는 힘을 주시려는 것이다."라고 하였습니다. 그리고 "천주님의 사랑이나 부처님의 자비나, 모두 한 보따리 안에 있는 것이니까 따로 종교를 바꿀 생각은 하지 말라."고 당부 말씀을 하였다고 합니다.

저를 만난 그날, 그는 돌아가신 아버지를 찾아뵙는 심정으로 불일암 마루 앞에서 "스님! 스님, 계세요? 저 왔습니다. 현철입니다." 하면서 목이 메었습니다.

호 하나 없는 비구승

법정 스님께서는 1970년 초반 강원룡 목사님이 중심이 된 크리스천아카데미의 종교간 대화 모임과 6개 종교 지도자 모임에 불교계를 대표하여 활동하셨습니다. 또한 유신독재에 맞서 모여든 민주회복 국민선언 각계 인사 71명에 유일한 불교인으로 참여하였습니다. 그때 불교 종단에서는 몰지각한 승려로 비난을 받고, 정보부 형사들의 감시를 당했으며, 편지까지 사전 검열을 받는 생활을 하였습니다. 그런 생활이 불일암까지 이어졌습니다.

스님께서는 함석헌 선생과 장준하 선생, 계훈제 선생 등 민주 인사들과 교류하면서, 사회의식에 눈뜨고 종교인의 시대적인 소명에 눈뜬 계기가 되었다고 이야기하셨습니다. 그때의 인연들이 씨앗이 되어 종교 교류의 폭이 심화되고, 동지적인 우정을 나누게 됩니다. 이후 〈씨알의 소리〉 편집위원으로 활동하셨고, 크리스천아카데미의 운영위원으로 종교간 대화 모임에 적극적으로 참여하였습니다. 또 1985년 6월 26일 조선일보가 마련한 특별대담에서 법정 스님은 서광선 목사님과 '다종교사회, 한국 종교의 길'이라는 주제로 심도 깊은 대화를 나누기도 하셨습니다.

1997년 5월 2일 부처님오신날을 기념하여 평화신문이 마련한 장익 주교님과의 인터뷰에서 스님께서 하신 말씀을 옮겨 보겠습니다.

"불교에서는 만난다는 것을 시절 인연으로 풀이합니다. 시절 인연 이 오면 만나게 될 사람은 만난다는 거지요. 친구간의 만남이라는 것도 종교적인 빛깔이나 의식을 넘어서, 마음과 마음이 접촉될 때, 만남이 이루어지는 것 아니겠습니까? 사실 주교님을 만날 때는, 내 가 중이라거나 상대방이 사제라는 의식이 전혀 없습니다. 그렇게 허심탄회하게 만나다 보니, 어떠한 벽도 없습니다. 만나서도 종교적 인 이야기는 거의 하지 않습니다. 종교 간의 벽이 허물어지기 위해 서는 우선 대화가 있어야 되고, 대화가 있기 위해서는 독단적인 울 타리를 넘어서 모든 종교가 지니고 있는 공통적인 윤리인 공동선 을 가지면 용해가 됩니다."

1997년 5월 〈기독교사상〉에는 부처님오신날을 축하하는 글이 실려 있습니다. 그 내용은 김경재 목사님이 법정 스님께 보내는 편지 형식을 통해 이루어졌습니다. 그 내용의 한 구절을 소개합니다.

"석굴암의 미소는, 만물의 인연 생기의 실상을 꿰뚫어보는, 깨달은 이의 법열과 자비심의 미소요, 십자가의 절규는 민중과 만인의 고난을 온몸으로 참여한 사랑하는 이의 사랑의 고통이었습니다. 전자는 빛이 파동으로 움직이는 모습이요, 후자는 빛이 입자로 돌진하는 모습이었습니다. 빛은 파동이면서도 입자이듯이, 불교와 기독교는 우주적 종교의 가장 전형적인 두 가지 원형을 보여주고 있다고 생각됩니다.

최근 자연 환경의 훼손이 극에 달하고, 남북 분단의 현실 속에서 사회 윤리의식과 도덕성이 황폐될 대로 된 듯한, 이 민족사의 위기에 모든 종교인들 특히, 불자들과 그리스도인들이 마음과 뜻을 합하여 생명을 살리고 인간성을 지키는 일에 더욱 협동하고 뜻을 합해야겠습니다."

스님께서는, 불교는 기독교에서 종교의 사회활동 방식을 배우고, 기독교는 불교에서 한국의 문화전통과 명상전통을 배우면서, 자신의 영역을 풍성하게 하고 심화시켜 가야 한다고 말씀하기도 했습니다. 젊은 날의 스님께서는 우리 사회의 불의를 꾸짖고, 불교의 타락과 세속화를 질타하셨습니다. 종교는 다르더라도 뜻을 함께하는 사람들을 만나면, 오히려 가족이나 도반처럼 아끼고 정을 나누었습니다. 사회적인 활동을 하면서, 자신의 정체성과 청정을 지키는 것이 쉽지 않은 일입니다. 예를 들면, 식사 자리에서 "스님! 약으로 고기 좀 드십시오, 그리고 술 한 잔만 올리겠습니다." 하면, "내가 먹을 수는 있지만, 이제까지 지켜온 지조를 지키려고 하니 여러분이 도와주세요. 그리고 나는 전생에 많이 먹었으니까 여러분들 많이 드세요." 하고 사양하시는 분이었음을 말씀드립니다.

법정 스님께서는 주는 사람, 받는 사람, 주는 물건, 이 세 가지를 모두 잊어버려야 참된 베풂이 된다."고 하셨습니다.

이웃 종교와의 벽을 허물고, 종교 교류를 통한 여러 활동이 결국은 자기 종교를 제대로 알리기 위한 일이라고 생각하기 쉽습니다. 그러나 스님께서는, "불교를 제대로 알려면 불교 자체로부터 자유로워져야 하고, 수행자는 수행자라는 상에서 벗어나야 한다."고 말씀하셨습니다.

스님께서 가장 싫어하신 호칭이 '큰스님'이란 말이었으며, 그 흔한 호 하나 갖지 않고 '비 구 법 정'이란 단 네 개의 글자로 떠나가셨습니다.

길상사의 마리아 관음이 보여 주는
커다란 어울림

스님께서는 단순한 삶을 추구하시고 남에게 폐 끼치는 것을 싫어하셨습니다. 반찬은 세 가지가 넘지 않게 하셨고, 광목옷을 손수 빨아서 풀 먹여 입는 것을 좋아하셨습니다. 손수 장작을 쪼개고 군불을 지피며, 채마 밭을 가꾸고는 연장을 씻어서 제자리에 잘 정돈해두었습니다. 다기 한 벌, 책 몇 권, 밭 한 뙈기로 큰 재산을 삼으셨던 스님께서는 뜻밖의 인연으로 대원각을 기부 받아 길상사를 개원하게 되었습니다.

개원식에는 김수환 추기경과 원불교 박청수 교무 등 종파를 초월하여 많은 분들이 축하의 마음을 보내왔습니다.

그때 스님께서는 이렇게 인사말을 했습니다.

"저는 이 길상사가 가난한 절이 되었으면 좋겠다고 생각합니다. 요즘은 어떤 절이나 교회를 물을 것 없이 신앙인의 분수를 망각한 채 호사스럽게 치장하고 흥청거리는 것이 이 시대의 유행처럼 되고 있는 현실입니다. 이 길상사는 가난한 절이면서도 맑고 향기로운 도량이 되었으면 합니다. 불자들만이 아니라, 누구나 부담 없이 드나들면서 마음의 평안과 삶의 지혜를 나눌 수 있었으면 합니다."(1997년 12월 14일)

길상사는 스님께서 개원법회에서 다짐하신 대로 불자들만을 위한 절이 아니라, 종파를 초월하여 누구나 산책하며 마음을 쉬고 지혜를 얻을 수 있는 공간으로 개방되었습니다. 산책로를 만들어 들꽃을 심고, 무소유의 철학을 담은 명구들을 나무에 새겨 달고, '침묵의 집'을 만들어 자신을 돌아보는 작은 선방도 준비해두었습니다.

그러나 길상사의 가장 큰 명물은 일주문을 들어서서 바라보이는 설법전 아래 모셔진 '마리아 관음'이 아닐까 합니다. 길상사의 관음보살상은 가톨릭미술가협회 회장이신 최종태 교수를 어머니로, 법정 스님을 아버지로 하여 2000년 4월 20일 이 세상에 태어난 특별한 보살입니다. 마리아 관음이 이 세상에 태어난 인연담을 소개합니다. 가톨릭미술가협회 회장으로서 성당의 성모상을 많이 조성한 최종태 교수는 소작의 완성이 '관음상'이라 여기고 마음속으로만 그림을 그려두었습니다. 그때 마침 법정 스님이 설립한 시민단체 '맑고 향기롭게'의 이사이며 가톨릭 신자인 정채봉 작가에게 자신의 소망을 전하였습니다. 최종태 교수를 만난 법정 스님은 단번에 의기투합하여, 무애 자재한 '미륵반가사유상'의 느낌을 살려 관세음보살상을 만들어보라고 부탁하였습니다. 최종태 교수는 법정 스님의 뜻을 받들어 단 하루 만에 관음상을 완성하였다고 합니다.

높이 1.8미터의 화강암으로 만들어진 관음상은 이마 위에 오불보관을 쓰고, 왼손에는 질병의 고통을 없애고 영원한 생명을 주는 감로보병을 들고 있습니다. 오른손은 가슴 위로 높이 들어 올려 모든 두려움을 벗어나 영원한 안식을 얻으라는 의미의 '시무외인'의 손 모양을 하고 있습니다. 전체적인 분위기는 깊은 슬픔에 잠긴 성모 마리아상을 연상케 하며, 알 듯 말 듯한 은근한 미소는 '사랑의 어머니'를 표현한 느낌입니다.

최종태 회장이 조성한 길상사의 관음상은, 전통 불교 조각의 명상미에 가톨릭 분위기를 가미하여 종교 예술의 새로운 가능성을 열었다는 평가를 받고 있습니다. 최 교수는 고마운 인연을 기려 모든 작업을 무료로 해주었습니다.

처음 보는 불자들은 생소한 느낌을 받지만, 예술인들의 발길이 끊이지 않고 가톨릭 신자들의 순례지가 될 만큼 '종교 화합의 상징'이 되고 있습니다.

완성된 관음상을 보신 법정 스님은, "그저 예쁘기만 해서 좋은 불상은 아니다. 불상은 그 시대 작가의 눈으로 재조명되고 창작되어야 하는데, 그동안 불교계는 너무 융통성이 없었다. 그러던 차에 최 회장이 고통과 기쁨이라는 양면을 지닌 자비의 화신, 관음상을 한눈에 알아볼 수 있도록 잘 표현해주어 고마울 따름이다. 또 이를 성모님의 이미지와 조화시킨 것이 돋보인다."고 극찬하였습니다.

길상사는 가톨릭 신자들과 수녀님들이 많이 방문하는 곳으로 유명합니다. 마리아상을 닮은 관음상 앞에서 가톨릭 신자들은 성모송을 바치며 기도를 올립니다. 또 불자들은 공양미와 양초를 올리고 '관세음보살' 기도를 올립니다. 기도를 듣는 길상사 관음상은 정체성을 잃고 혼란에 빠질 때가 있습니다. 그때 관음상의 작은 입술에서 새어나오는 말 한마디, "나는 누구인가?" 그 뒤로 붙은 이름이 "마리아 관음"입니다.

불교와 천주교가 한 몸이 되어, 이 세상에 태어난 마리아 관음은 천불교 신자뿐 아니라 미래 세대의 우리 후손들에게도 커다란 어울림을 줄 것입니다.

성당의 제대 앞에 선 승려

1998년 2월 24일 서울 명동성당 제대 앞에는 가톨릭 사제가 아닌 승복을 입은 법정 스님이 서 있는 진풍경이 연출되었습니다. 법정 스님의 명동성당 강연은 1997년 12월 14일 김수환 추기경이 길상사 개원법회에 참석한 답례의 성격으로 이루어졌습니다.

법정 스님은 평화신문의 요청을 받아들여 아기예수 탄생을 축하하는 성탄 메시지를 띄운 것에 이어 명동성당의 요청을 받고 '경제위기 극복과 청빈의 삶'이란 주제로 강연을 하였습니다.

이날 법정 스님은 강론에 앞서 "명동성당에서 강론을 하게 된 인연에 감사하며, 명동성당 축성 100주년을 맞는 올해 이 자리에서 강연을 하게 해 주신 천주님의 뜻에 거듭 감사합니다."라고 말해 신자들로부터 힘찬 박수를 받았습니다.

법정 스님은 "상대방이 알아듣지 못하는 언어는 소음과 다름없다"고 하였습니다. 누에가 거친 뽕잎을 먹고 비단실을 뽑아내듯이, 스님께서는 대장경이라는 큰 숲에서 청정한 잎들을 모아 유려한 우리말과 감성적인 언어로 불교를 설법해 주었습니다. 스님의 그런 설법 정신은 이웃 종교를 향할 때도 마찬가지입니다. 스님께서는 상대방 종교의 언어와 정서로 대화하고 글을 쓰시는 특별한 달란트를 갖고 계셨습니다.

가톨릭에 대해서 쓴 스님의 글을 본 어떤 신자는 "법정 스님은 승복만 입었지, 마음속에는 천주님을 모시고 사는 분"이라고 생각하기도 합니다. 실제로 법정 스님은 봉은사 다래헌과 불일암에 계실 때, 서가 한편에 성모상을 모시고 촛불 공양을 올리곤 하였습니다.

그리고 편지를 통하여 많은 친교를 나누었던 이해인 수녀님은 가르멜 수녀원에서의 법정 스님 강연 내용을 회상하면서, 눈감고 들으면 그대로 가톨릭 수사님의 말씀이었다고 이야기합니다.

다음은 법정 스님이 이해인 수녀님에게 보낸 편지의 내용 중 일부입니다.

> 주변에서 일어나는 재난들로 속상해 하던 수녀님의 그늘진 속뜰이 떠오릅니다. 사람의, 더구나 수도자의 모든 일이 순조롭게 풀리기만 한다면 자기도취에 빠지기 쉬울 것입니다. 신의 조영 안에서 볼 때 모든 일은 사람을 보다 알차게 형성시켜 주기 위한 배려라고 볼 수 있습니다. 그러나 안타깝게도 사람들은 그런 뜻을 귓등으로 흘리고 말아 모처럼의 기회를 놓치고 맙니다.
>
> 수녀님, 예수님이 당한 수난에 비한다면, 오늘 우리들이 겪는 일은 조그만 모래알에 미칠 수 있을 것입니다. 그러기에 옛 성인들은 오늘 우리에게 큰 위로요, 희망이 아닐 수 없습니다. 심기일전하여 날이면 날마다 새날을 맞으시기 바랍니다.

위의 편지글을 보게 되면, 누가 불교에 몸담고 있는 스님의 문장이라고 할 수 있겠습니까? 주임 신부가 신자의 상담에 답해 주는 글이라고 하면, 누구나 고개를 끄떡일 내용입니다.

김수환 추기경께서는, 성북동 길상사가 개원하던 날, 길상사 법당을 찾아와 기쁜 마음으로 축사를 해 주시고, 농담과 유머로써 종교 간의 벽과 개인 간의 거리를 금방 허물어 버린 분이라고 스님은 추억하고 있습니다.

또 부처님오신날에는 아무 연락도 없이 길상사 마당으로 들어오셔서 법정 스님과 함께 나란히 앉아 연등 아래에서 산사 음악회를 즐기기도 하였습니다.

이제는 다시 보기 어려운 위대한 어른들의 천진한 만남이 종교 교류의 큰 모범으로 남아 있습니다.

길상사 측에서는 초파일 연등 수익금의 10%를 서울가톨릭사회복지회에서 운영하는 '성가정 입양원'의 후원 기금으로 기탁하였습니다.

다음은 김수환 추기경을 떠나보내며 법정 스님이 쓰신 추도문, '사랑은 끝나지 않았다'의 내용입니다.

사람은 결코 태어나면서부터 단순한 것이 아니다.
자기라는 미로 속에서 긴 여로를 지나온 후에야
단순한 빛 속으로 나올 수 있는 것이다.
인간은 복잡한 존재이고 하느님은 단순한 존재이다.
그렇기 때문에 사람은 하느님께 가까워지면 질수록
신앙과 희망과 사랑에 있어서 더욱 더 단순하게 되어 간다.
그래서 완전히 단순하게 되어 갈 때,
사람은 하느님과 일치하게 되는 것이다.
우리 안의 벽과 우리 밖의 벽, 그 벽을 그토록 허물고 싶어 하던 당신,
다시 태어난다면 추기경이 아닌 평신도가 되고 싶다던 당신,
당신이 그토록 사랑했던 이 땅엔
아직도 싸움과 폭력, 미움이 가득 차 있건만
봄이 오는 이 대지에 속삭이는 당신의 귓속말,
살아 있는 것은 다 행복하라,
사랑하고 또 사랑하라,
그리고 용서하라.

스님의 소망을 묻는 최인호 작가에게 스님은 말씀하시기를, "내게 꿈이 있지요. 얼마나 될지는 알 수 없지만, 나는 남은 삶을 보다 단순하고 간소하게 살고 싶군요. 그리고 추하지 않게, 그 삶을 마감하고 싶습니다."

단순하고 절제된 삶이 출가수행자의 삶이요, 단순한 존재인 신께 나아가는 길이라고 말씀하셨습니다.

참된 종교의 역할

강원용 목사님과 김수환 추기경, 그리고 법정 스님은 우리 시대 세종교를 대표하는 큰 어른들이었습니다. 강원용 목사님이 크리스천 아카데미를 설립하여 종교간 대화 모임을 추진하였습니다. 그 인연으로 종교간 만남과 교류가 심화되고, 종교간 벽을 허물고 사회의 공동선을 추구하는 큰 뜻을 이룰 수 있었습니다.

중국 남북조 시대에 호계삼소虎溪三笑로 유명한 역사 인물들이 있습니다. 도교의 육수정, 유교의 도연명, 불교의 혜원법사가 그 주인공들입니다. 그러나 실제 역사에서는 함께 어울리지 못한 사람들이었습니다. 중국 역사에서 호계삼소의 고사가 만들어진 것은 그 당시 벌써 유, 불, 선 삼교간의 비난과 논쟁이 그치지 않았다는 반증이기도 합니다.

그때 민중의 염원은, 세 종교가 화합해서 민중의 고통을 구제해 주는 든든한 버팀목이 되어 주기를 바랐던 것은 아닐까요? 가마솥을 받쳐주는 세 발처럼, 발이 셋 달린 까마귀가 썩은 고기를 먹어 치우듯, 세상의 썩은 부분을 도려내는 참된 종교의 역할을 기대하지 않았을까요?

역사적으로도 이루지 못한 세 종교의 화합을 이루어 낸 세 분의 어른 앞에 다시 큰 절을 올립니다.

법정 스님이 바라본 이웃 종교의 같음과 다름이란 주제를 놓고, 스님의 행적을 살펴보았습니다.

스님은 우선 불교라는 틀에 얽매이는 걸 거부하셨고, 수행자라는 상에 매이지도 않았습니다. 그러면서도 출가수행자의 본분에서 벗어나지 않고, 항상 처음 시작하는 마음을 잃지 않았습니다. 이웃 종교를 대할 때도 다른 종교라고 생각하지 않고, 인간적인 코드가 맞으면 깊은 우정과 가족적인 정을 나누셨습니다. 또한 자신의 말과 글과 일치하는 삶을 살았고, 체험하지 않고 깨닫지 않은 사실은 글로 쓰지 않았습니다.

법정 스님이 남긴 글과 삶과 죽음의 모습, 종교 교류의 흔적들이 가신 후에 더욱 빛을 발하는 것 같습니다.

여러 가지로 부족한 사람이, 법정 스님이 바라본 이웃 종교의 같음
과 다름을 주제로 발제하게 된 것을 대단히 송구스럽고 영광스럽게
생각합니다. 법정 스님이 이해인 수녀에게 써 준 게송 한 구절을 음
미하면서 오늘 발제를 마칩니다.

소리에 놀라지 않는 사자와 같이
그물에 걸리지 않는 바람과 같이
흙탕물에 더럽히지 않는 연꽃과 같이
무소의 뿔처럼 혼자서 가라

산이 나를 에워싸고
밭이나 갈면서
살아라 한다

법정 스님이 애송한 짧은 시

●

법정 스님은 지인이나 도반이 요청하면 즉석에서 글씨를 써주고는 했고, 또 연하장 형태로 짧은 선시를 선물하기도 했다. 법정 스님은 붓이나 붓 펜으로 글씨를 썼는데, 스님은 자신이 글씨 쓰는 것을 두고 스스로 '붓장난'이라고 부르셨다. 여기에 스님의 글을 옮겨 본다.

가끔 붓장난을 했습니다.

부처님의 말씀을 되새겨 써 보기도 했고

친지들에게 궁금한 안부를 묻기도 했습니다.

멀리서 고요히 침묵하고 있는 산의 자태를 담아 보기도 했고

내 앞에 놓인 찻잔에서 풍겨 나오는 차향을 그려 보기도 했습니다.

원고지에 반듯반듯 금 그어진 많은 칸들을 하나하나 채워 가는

글쓰기와는 전혀 다른 재미가 있었습니다.

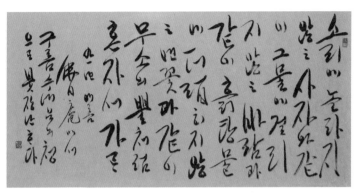

법정이 이해인 수녀에게

무소의 뿔처럼 혼자서 가라

소리에 놀라지 않는 사자와 같이
그물에 걸리지 않는 바람과 같이
흙탕물에 더럽히지 않는 연꽃과 같이
무소의 뿔처럼 혼자서 가라

1991년 여름, 불일암에서
구름 수녀님의 청으로 붓장난하다

나 한 칸, 달 한 칸, 청풍에게도 한 칸

십 년을 별러서 초가삼간 지어내니
나 한 칸 달 한 칸에 청풍 한 칸 맡겨두고
강산은 들일 데 없으니 둘러 두고 보리라

보원요의 새 집에 부처
무진(1988) 초가을, 불일암

한 매 간 비 삼 레
전 청 달 니 삼 서
같 풍 흐 나 간 니
니 간 한 지 초 불
가 별

법정이 김기철 거사에게

83

산과 물을 벗하면

날마다 산을 봐도 볼수록 좋고
물소리 늘 들어도 들을수록 좋네
저절로 귀와 눈 맑게 트이니
소리와 빛 가운데 평안이 있네

98년 동지절 법정 장난
윤청광 거사에게

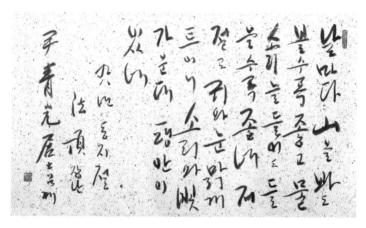

날마다 山을 빨래
볼수록 좋고
소리들어도 물
볼수록 좋네 들들

절로 귀와 눈 맑게
트이고 소리와 빛
가을에 그냥반이
있네

법정이 윤청광 거사에게

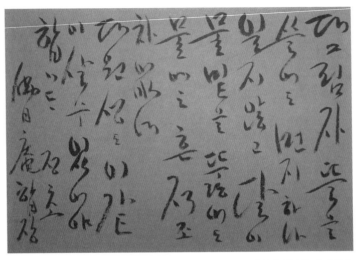

달그림자 뜰을 쓸어도

달그림자 뜰을 쓸어도 먼지 하나 일지 않고
달이 물밑을 뚫어도 물에는 흔적조차 없네
대원성도 이같이 살 수 있어야 합니다

정초 불일암 합장

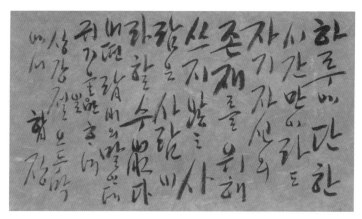

자신의 존재를 위해 하루 한 시간만이라도

하루에 단 한 시간만이라도
자기 자신의 존재를 위해
쓰지 않는 사람은 사람이라 할 수 없다
어떤 랍비의 말인데 귀 기울일 만하네

상강절 오두막에서 합장

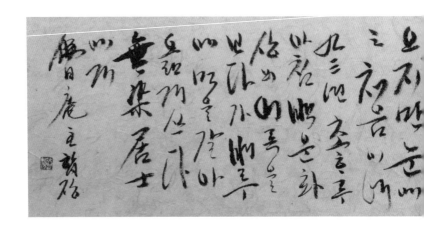

한 몸이 가고 오는 것은

흐르는 물은 산을 내려와도 연연하지 않고
흰 구름은 골짜기로 들어가도 그저 무심하다
한 몸이 가고 옴 물과 구름 같고
몸은 다시 오지만 눈에는 처음이네

93년 초하루 아침 백운화상의 어록을 보다가
벼루에 먹을 갈아 옮겨 쓰다
무염 거사에게 불일암주 합장

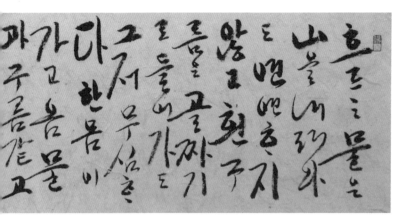

법정이 정찬주 작가에게

口中小言小
心中小事小
腹中小飯小
而自可以神仙

법정이 대자화 보살에게

세 가지 적어야 할 것

입 안에 말이 적고
마음에 일이 적고
뱃속에 밥이 적어야 한다
이 세 가지 적은 것이 있으면 신선도 될 수 있다

섣달그믐
날마다 무지무지하게 눈이 내려 쌓이는 수류산방에서
대자화에게

법정이 원경 거사에게

흰 구름 걷히면

옳거니 그르거니 내 몰라라
산이건 물이건 그대로 두라
하필이면 서쪽에만 극락세계랴
흰 구름 걷히면 청산인 것을

임신년(1982) 하지절 불일암에서

사랑이란 이런 것

라이너 마리아 릴케 이르기를
고독한 두 사람이 서로를 지켜보고
서로를 느끼고 서로를 받아들이는 것을
사랑이라 하더라

신랑 이인 신부 피상순
두 사람의 복되고 향기로운 새 삶을 축하하면서

갑술년(1994) 대한절 뒤늦게 강원도 오두막
법정 합장

법정이 피상순 박사 결혼 기념으로

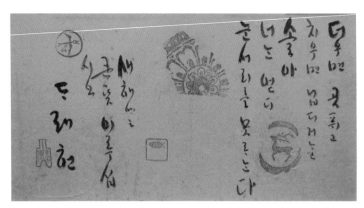

법정이 현장에게 (1974년 새해)

더우면 꽃피고

더우면 곳퓌고
치우면 닙디거늘
솔아
너는 얻디
눈서리를 모르는다

새해에는 큰 뜻 이루십시오

다래헌

임은 내게

육바라밀 〈춘원〉

임에게는 아까운 것 없이 무엇이나 바치고 싶은

이 마음 거기서 나는 보시를 배웠노라

임에 보이고자 애써 깨끗이 단장하는

이 마음 거기서 나는 지계를 배웠노라

임이 주신 것이면 때림이나 꾸지람이나 달게 받는

이 마음 거기서 나는 인욕을 배웠노라

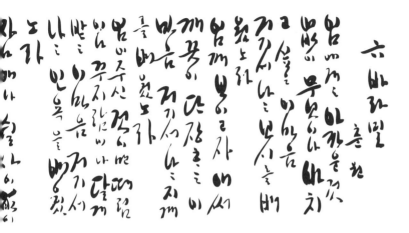

법정이 피상순 박사에게

자나 깨나 쉴 사이 없이 임을 그리워하고 임 곁으로만 도는

이 마음 거기서 나는 정진을 배웠노라

천하 하고 많은 사람 중에 오직 임만을 사모하는

이 마음 거기서 나는 선정을 배웠노라

내가 임의 품에 안길 때 기쁨도 슬픔도 임과 나의 존재도 잊을 때에

거기서 나는 지혜를 배웠노라

이제 알았노라 임은 이 몸에게 바라밀을 가르치려고

짐짓 애인의 몸으로 나타난 부처이심을

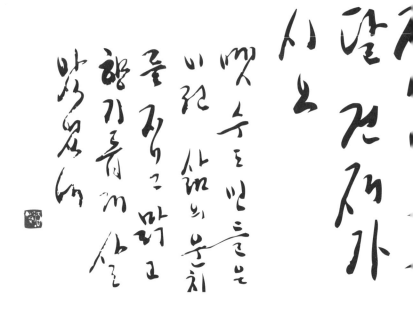

둥근 달 건져가시오

마르지 않는 산 밑의 우물
산중 친구들에게 공양하오니
표주박 하나씩 가지고 와서
저마다 둥근 달 건져가시오

말로 지낼 수 없는
山中 살임의 눈물
들깨 공양
하루 틀루
박향 흐나쓰
가지르 되쳐서

법정이 현장에게

옛 수도인들은
이런 삶의 운치를 지니고
맑고 향기롭게 살았었네

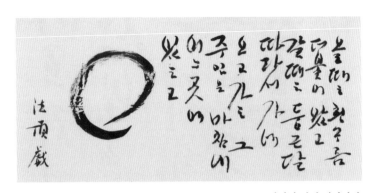

법정이 상좌 덕현에게

그 주인 어디에

올 때는 흰 구름 더불어 왔고
갈 때 둥근 달 따라서 가네
오고 가는 그 주인은
마침내 어느 곳에 있는고

법정 희(장난)

법정이 현장에게

항상 새롭게

끓인 물을 오래 두면
차 맛이 없어지니
항상 새로 끓인 물로써
차를 달이라 하더라

병인(1986) 여름 불일암

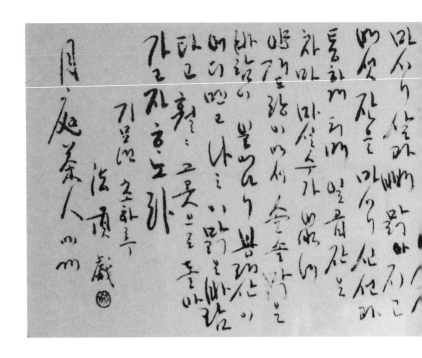

차를 마시며

한 잔 마시니 목구멍과 입술이 촉촉해지고

두 잔을 마시니 외롭고 울적함이 사라지며

석 잔을 마시니 가슴이 열려 5천 권의 문자^{文字}로 그득하고

넉 잔을 마시니 가벼운 땀이 나서 못마땅했던 일들이 죄다 땀구멍

으로 흩어지네

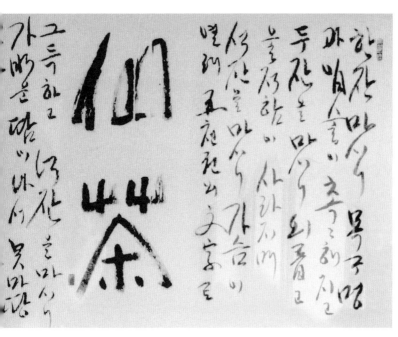

법정이 월정다인에게

다섯 잔을 마시니 살과 뼈 맑아지고
여섯 잔을 마시니 신선과 통하게 되네
일곱 잔을 차마 마실 수가 없네
양 겨드랑이에서 솔솔 맑은 바람이 일어나니 봉래산이 어드멘고
나는 이 맑은 바람 타고 훨훨 그곳으로 돌아가고자 하노라

기묘년(1999) 초하루 법정
월정다인에게

105

척박한 환경이 우리를 단단하게 한다네

《다경茶經》에 이르기를

차는 바위틈에서

자란 것이 으뜸이요

자갈 섞인

흙에서 자란 것이

그 다음이라 하더라

을묘년(1975) 여름 다래헌

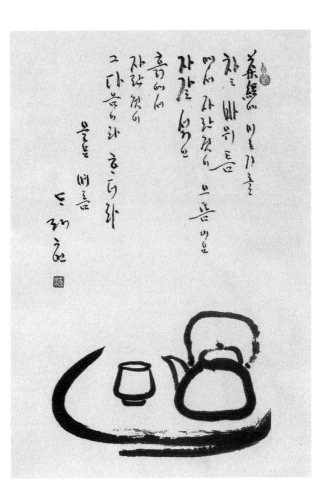

차경에 비길가를
참는 바위틈
맑어 자랏것이
자각 쌀을
흙에서
자랏것이
그 다움이라 하느라

불불 여름

법정이 손병철 박사에게

홀로 마시는 차

홀로 마신 즉
그 향기와 맛이
신기롭더라

경신년(1980) 가을, 불일암

법정이 대도행 보살에게

과일을 먹을 때는

과일을 먹을 때는
그 꽃향기마저
먹을지로다

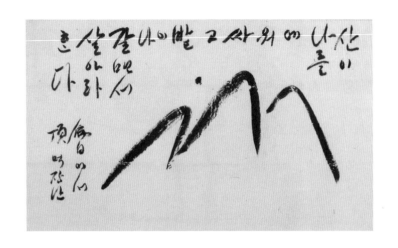

산이 나에게 이르는 말

산이 나를 에워싸고
밭이나 갈면서 살아라 한다

불일에서 정 먹장난

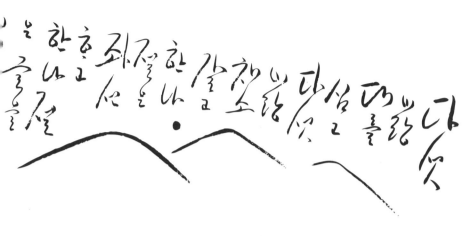

소박한 하루

다섯 이랑 대를 심고
다섯 이랑 채소 갈고
한나절은 좌선하고
한나절은 글을 읽고

향기가 나는 사람

꽃향기는 바람을 거스르지 못하지만
덕 있는 사람의 향기는
바람을 거슬러 사방에 퍼진다

경진년 10월 5일 파리 길상사에서
법정 희
천진화 불자님

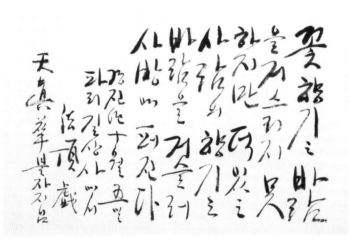

꽃향기는 밤에 더 짙고 물소리는 멀어야 더 멀리 들리나니 사람의 향기도 거리가 있어야 멀리 퍼진다 바람에 띄운다 사방 10리에 다 지선산 정상에서 천진불 장난함

법정이 천진화 불자에게

113

삼귀오계

거룩한 부처님께 귀의합니다
위없는 가르침에 귀의합니다
청정한 승가에 귀의합니다

산목숨을 해치지 않고 자비심을 발하겠습니다
남의 것을 훔치지 않고 복과 덕을 베풀겠습니다
삿된 행실을 하지 않고 청정행을 닦겠습니다
거짓말을 하지 않고 진실하게 살겠습니다
술에 취하지 않고 맑은 정신을 지니겠습니다

불기 2541년 정축 7월 21일
계사 법정
수계제자 박명숙
법명 무량광
받아 지님

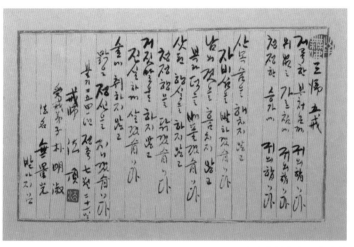

五戒

제일한 부처님께 귀의하며
외롭고 가는 길에 귀의하며
청정한 승가에 귀의하며

산 목숨을 해치지 않고
자비심을 베풀겠는가

남의 것을 훔치지 않고
복을 덜어 베풀겠는가

삿된 행실을 하지 않고
청정함을 닦겠는가

거짓말을 하지 말고
진실하게 살겠는가

술에 취하지 말고
밝은 정신으로 살겠는가

戒師 法頂
受戒弟子 朴明淑
法名 無量光

불기 二五四一 전등 七七二十一

법정이 무량광 보살에게

지금 이 자리에서 이렇게,
매일 피어나는
꽃처럼

법정 스님의 편지

죽음은 차원을 옮겨가는 여행 같은 것

암세포와 싸우는 동안, 64킬로그램이었던 법정 스님의 몸무게는 45
킬로그램까지 내려앉았다. 병상에서 스님은 이렇게 말했다.
"육신이 거추장스럽다. 빨리 번거로운 거 벗고 다비에 오르고 싶다."
남에게 폐 끼치는 일을 극히 싫어했던 스님은 폐암이라는 진단을
받고 본의 아니게 여러 사람에게 폐를 끼치게 된 것을 무척 거북해
했다. 담배도 안 피우고 산골 맑은 공기 속에서 사는 스님이 왜 폐
암으로 투병했는지 궁금해한다. 사실은 스님 나이 네 살 때 세속의
아버지가 폐질환으로 돌아가신 집안 내력이 있다.

법정 스님이 떠나기 이틀 전, 나는 속가의 어머니와 함께 마지막으로 스님을 만났다. 부처의 세상에서 속가의 인연이란 사소한 점 하나에 지나지 않지만, 피붙이의 정을 어떻게 지울 수 있으랴. 스님과 어머니는 고종사촌지간이다. 세속에서 법정 스님은 나의 삼촌뻘 되신다. 어머니가 스님께 물었다.

"이제 볼 수 없는 거냐?"

법정 스님이 대답했다.

"왜 못 봐? 불일암에 오면 보지."

"다리 아파서 불일암엔 못 올라가."

"그럼 길상사로 와."

두 분의 대화를 엿들으며 편안함을 느꼈다. '어떤 이에게는 죽음이 끝이 아니다. 죽음은 시간과의 작별이고 차원을 옮겨가는 여행 같은 것. 스님께서는 병으로 고통 받던 육신을 버리고 다른 세계로 건너가려 하고 있다. 그러니 슬퍼할 일이 아니다. 축하해드리는 것이 옳다.'

부처의 길을 따르는 사람은 두 가지를 버리고 두 가지를 소유해야 한다. 버려야 할 두 가지는 탐욕과 무지이며, 소유해야 할 두 가지는 무아와 무소유다. '나 없음'을 체험한 수행자는 청정과 청빈의 맑은 삶을 꽃 피우고, '내 것 없음'을 깨달은 불제자는 나눔과 관용의 향기로운 삶의 향기를 전하게 된다.

법정 스님의 생전 소원은 보다 단순하고 간단하게 사는 것이었다. 찾아오는 사람이 많아 사는 곳이 번거로워지면 버리고 떠나기를 통해 초심을 잃지 않았다. 사후 장례 절차까지도 간단하게 해줄 것을 당부했다.

스님은 평소에 유머 감각이 뛰어났다. 스님 책을 가져와서 좋은 말씀 써 달라고 하면 즉석에서 펜을 잡고 '좋은 말씀' 네 글자를 써준다. 책을 받아본 이는 "진짜로 좋은 말씀이네요" 하고 유쾌하게 웃는다. 제주도 농장에 갔을 때는 메뚜기 때문에 농작물 피해를 많이 입은 농장 주인이 차를 대접하면서 한마디 했다.

"스님, 제주도 메뚜기 말도 못합니다."

"어이, 육지 메뚜기도 말 못해."

임종을 앞둔 병상에서도 유머 감각을 잃지 않았다. 회진을 온 의사 선생님이 "스님, 불편하신 곳 없으십니까?" 하고 물으면, "어이, 내가 불편하니까 병원에 왔지"라고 대답했다.

법정 스님이 서울 봉은사 다래헌 생활을 정리하실 때 나는 스님을 찾아뵙고 출가 상담을 했다. 나도 송광사로 내려가니 송광사로 출가하라는 말씀을 하였다. 그리고 스님께서는 자정암 터를 닦아 불일암을 짓기 시작하였다. 1975년에 불일암이 생기기 전에 자정암이 있었다. 자정암 건물을 해체하여 쓸 만한 자재를 골라 지은 집이 불일암 아래 부엌채다.

그리고 불일암 지을 목재와 기와는 전부 인부들 손을 빌어 인력으로 운반했다. 나는 송광사 행자생활을 하면서 인부들 먹을 음식, 밥, 국, 반찬을 두 손에 들고 매일 불일암까지 올라갔다. 그리고 가을 효봉 노스님 기일에 맞춰 불일암 낙성식이 열리고 나는 사미계를 받았다.

스님은 불일암 부엌에 '먹이는 간단명료하게'라는 글을 붙여놓고 세 가지 이상 반찬을 놓지 못하게 하였다. 아침에는 미숫가루나 빵으로 때웠다.

스님은 한국 사람으로 태어나 티베트 사람처럼 살다가 인도 사람처럼 우리 곁을 떠났다. 무소유란 아무것도 소유하지 않는 것이 아니라, 불필요한 것을 갖지 않는 것이다. 스님이 내게 써주신 글을 다시 새겨본다.

옳거니 그르거니 내 몰라라
산이건 물이건 그대로 두라
하필이면 서쪽에만 극락세계랴
흰 구름 걷히면 청산인 것을

2015년 5월 법정 스님 추모 5주기에, 현장 삼배

먼저 너의 눈을 뜨라

●

내가 출가하기 1년 전에 법정 스님께서 연하장과 함께 보내주신 편지다. 42년 만에 처음으로 공개한다. 출가수행자의 자질과 역할에 대해서 간절하게 말씀하신 내용으로, 경책하는 뜻으로 한 번씩 꺼내 보고는 한다.

○○에게

방금 너의 어머님이 이곳을 다녀가셨다. 이야길 듣고 대강의 사정을 알았다. 내 말은 걱정 마시라고 몇 번이고 되풀이해드렸다. 새삼스레 내 자신이 20년 전 출가할 때의 생각이 떠올랐다. 언젠가 방학 같은 때 직접 만나 이야기할 기회가 있었으면 한다만, 우선 몇 마디 참고가 될 것 같아 이야기해야겠다.

구도의 세계는 출세간의 길이다. 세상의 그 어떤 삶의 형태보다 이질적이고 특수한 것이다. 그러기 때문에 인간의 기본적인 자세가 문제되지 않을 수 없다. 다시 말하면 세상에 대한 눈뜸 없이는 그 어떤 형태의 구도일지라도 무익하다는 말이다. 더구나 요즘처럼 급변하는 사회 속에서 종교의 기능을 생각할 때 종교인 그 자신의 바탕이 문제되지 않을 수 없다.

출가란 단순히 육신이 살던 집에서 나오는 것은 아니다. 기본적인 인격이 형성된 다음 보다 나은 가치를 향해 일체의 것을 내던짐이다. 오늘날 한국 승단의 현실을 두고 살펴볼 때 몇 사람이나 진정한 출가를 했는지 의문이다. 그리고 출가수행자의 사명을 제대로 하고 있는지도 묻지 않을 수 없다.

문제는 개인의 자질인 것이다. 머리나 깎고 먹물 옷만 입었다고 해서 출가자는 아니기 때문이다. 내가 ○○에게 당부하고 싶은 말은 이건 결코 너의 어머님의 말을 듣고서가 아님을 내 양심상 밝힌다. 정 출가할 뜻이 있다면 이제부터 학교 공부를 통해 실력을 쌓으라는 것이다. 그리고 최소한 대학 교육은 받아야 한다. 왜냐면 옛날의 (지금도 일부에선 그렇지만) 안일 무사한 은둔적인 승려와는 달리 요즘은 자기완성과 함께 대사회회적인 기능이 요구되고 있는 현실이기 때문이다. 자기 자신의 눈도 뜨지 못한 사람이 남의 눈을 뜨게 할 수는 없기 때문이다.

그리고 대학을 마친 후엔 ○○ 나름의 인생관 내지는 세계관이 어느 정도 형성될 줄 안다. 그때 비로소 결단하는 거다. 그 길이 네가 살 길이고 남에게도 긍정적인 영향을 끼칠 수 있는 길이라면 그 누구도 어떻게 할 수는 없는 거다.

그때 필요하다면 내가 나서서 알선할 의무를 느낀다. 그러니 조급하게 생각하지 말고 올바른 출가수행승이 되려거든 지금부터 하나하나 실력을 길러두기를 간곡히 부탁한다.

새로운 결의를 가지고 어떤 목표를 설정하여 나아간다면 하루하루 다니는 학교의 통학에도 의미를 느낄 줄 안다.

그리고 건강에 유의하여라. 수행자가 되려면 몸과 마음이 더불어 건강해야 한다. 네 심경을 듣고 싶다.

1974년 3월 10일 법정 합장

한겨울 오두막에서

한차례 큰 눈이 내리고 나더니 오두막 둘레는 겨울철 한기가 서리
고 겨울철은 마루방 난롯가에서 주로 지내는데 장작 타는 소리 들
으면서 책도 읽고 개울물 소리도 듣고 지붕에 쌓인 눈덩이가 미끄
러져 내리는 요란한 소리도 듣소.

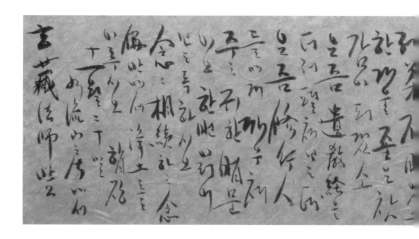

보내준 둥굴레 차 잘 받았소. 한겨울 좋은 찻감이 되겠소. 요즘 유교경을 더러 펼쳐 보는데 수행인들에게 깨우쳐 주는 귀한 법문이니 한번 읽어 보도록 하시오. 염염상속하는 염불 안에서 정토를 이루시오. 합장

11월 20일 수류산방에서, 현장법사 앞

법정이 현장에게

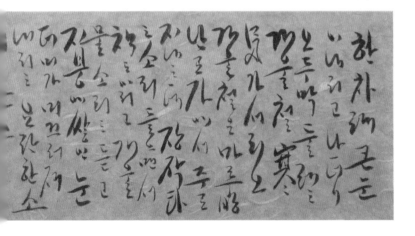

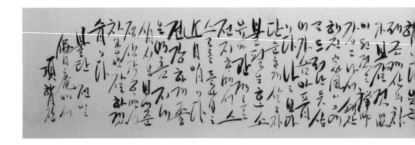

보내 주신 정 잘 마시겠습니다

묵 스님에게

해마다 잊지 않고 화계골 햇차를 보내주어 받을 때마다 반갑고 송구스럽습니다. 정성스레 보내주시니 지리산의 정기와 우리 묵 스님의 삶의 향기를 함께 접하는 복을 누립니다.

날씨 탓인지 금년 차가 전반적으로 싱거운 감이 있습니다. 운상은 여전히 세작에도 엽록소를 지니고 있지만 올해는 좀 싱거운 듯하고 쌍계우전은 너무 덖어 싱그러운 차향이 감해진 듯합니다.

법정이 현묵 스님에게

요 근래 조계산의 차가 보잘것없이 된 것은 선사 가시고 나서 쇠잔
해진 가풍이 그대로 드러난 듯싶어 가슴 아픕니다.

나는 보다 단순하게 살고자 불필요한 소유와 관계를 전지하면서 스
스로를 돌아보는 근일입니다.

건강하게 좋은 여름 지내십시오. 보내준 정 생각하면서 차공양 잘
하겠습니다.

불탄전일 불일암에서 정 합장

부질없는 생각만 두지 않으면

봄에는 꽃 피고 가을에는 밝은 달 여름에 맑은 바람 겨울에 눈 내리니
부질없는 생각만 두지 않으면 이것이 인간세상 좋은 시절 아닌가
무문관의 저자 혜개선사의 송인데 요즘 가끔 소리 내어 읊습니다
이곳은 눈이 무릎까지 쌓여 있어 바깥나들이 줄이고 지냅니다

1월 11일 법정 합장
보원요 지헌님께

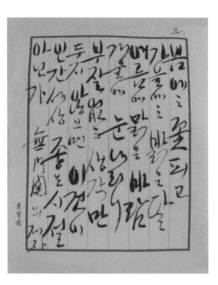

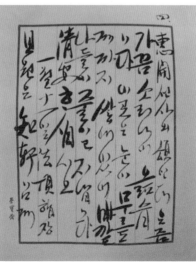

날마다 좋은 날 이루십시오

사진과 사연 기쁘게 받았습니다.
사진 솜씨 보통이 아니군요.
간판 내걸어도 손색없겠습니다.
채소밭에시는 상치와 아욱이 잔뜩 자라 오르는데
혼자서는 다 뜯어 먹을 수가 없습니다.
가까운 데 살면 좀 뜯어갔으면 좋을 텐데
그럴 수도 없군요.
이제는 여름 냄새가 후끈거립니다.
오늘은 발을 꺼내 놓았습니다.
요즘 저녁으로는 국수를 삶아 먹고 있는데
콩 담가 놓은 게 있어 오늘 저녁은
밥을 해 먹어야겠습니다.
지난봄에 와서 고성능 스피커로 떠들던 소리
아직도 우리 불일의 뜰에 맴돌고 있습니다.
날마다 좋은 날 이루십시오.

6월 15일 불일암에서
합장

법정이 대원성 보살에게

겨울이 깊어 가다

덕현에게

홀로 있는 시간을 어떻게 수용하고 있는지 추위에 건강한지 안부를
묻는다. 골짜기 얼어붙어 개울물 소리도 멎은 며칠 동안 영하 20도
를 오르내리는 추위였는데 난로와 아궁이에 군불을 지피니 실내 온
도는 쾌적했다. 눈에 묻혀서 지내는 겨울 살림이 동물적인 의지와
단순함으로 내 속 뜰은 전에 없이 충만하다. 요즘 난롯가에서 가끔
노자를 들춰 보는데 이런 구절이 있어 점두(고개를 끄덕여 수긍함)를
했다. "있음과 없음은 서로를 낳아 주고 쉬움과 어려움은 서로를 이
루어 주며 길고 짧음은 상대를 드러내 주고 높고 낮음은 서로를 닿
게 하며 음과 소리는 화답하고 앞과 뒤는 서로를 뒤따른다." 우주의
오묘한 조화가 우리 삶을 맞춰 주고 있음을 인식한다면 한 순간도
소홀히 살 수 없을 것이다.

법정이 상좌 덕현에게

아침은 진여화가 마련해 준 가루를 끓여서 먹고 점심은 보원에서 농사지은 현미로 밥 지어 먹고 저녁은 적당히 때우고 있다. 점심 공양 끝에는 나뭇간에서 톱질과 도끼질로 땔감 마련하고 얼어붙은 개울가에서 얼음장 깨고 물을 긷는다. 방 안에 있으면 처마 끝 풍경소리가 겨울의 깊이를 더해 주고 있다. 솔바람 소리가 다시 추워질 날씨를 알리고 있다. 좋은 겨울 이루기를…… 심신이 더불어 건강하기를…….

갑술년(1994) 대한절 강원도 오두막에서 합장

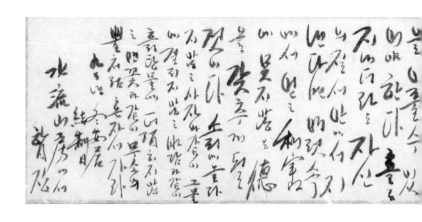

홀로 지내는 시간

덕현에게

다시 겨울 안거를 맞이하게 되었다. 혼자서 지내는데 고생이 많을
줄 믿는다. 수행은 누가 대신해 줄 수 있는 일이 아니므로 어차피
홀로 할 수밖에 없다. 여럿 속에 있더라도 은자처럼 지내는 것이 출
가사문의 살림살이다.

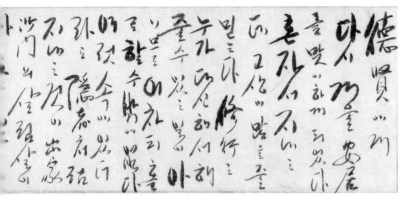

홀로 지내는 시간에 충만된 시간을 이룰 수 있어야 한다. 홀로 지내더라도 자신의 질서 안에서 지낸다면 여럿 속에서 얻는 이해에 못지않은 덕을 갖추게 될 것이다. 소리에 놀라지 않는 사자와 같이 그물에 걸리지 않는 바람과 같이 흙탕물에 더럽히지 않는 연꽃과 같이 무소의 뿔처럼 혼자서 가라.

93년 동안거 결제일 수류산방에서 합장

141

탈속의 자리를 지키고 있던 그릇들

올해 가장 큰 연하장 받고 가만있으면 빚이 될 것 같아 사연 씁니다. 저도 늙어 가는지 지난해는 기침으로 고생하며 병원 출입을 했습니다. 이제는 많이 좋아져 밤에 잠을 제대로 이룹니다.

전시회 때 늦어 규호 어머님만 뵈었습니다. 모두 장삿속에 눈앞이 벌겠는데 보원의 조촐한 그릇들만 의연하게 탈속의 자리를 지키고 있어 보기 좋았습니다.

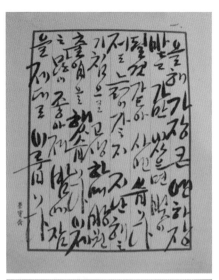

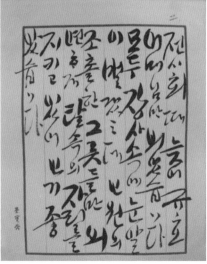

법정이 김기철 거사에게

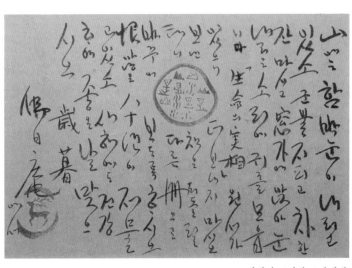

법정이 보덕행 보살에게

군불 지피고 차 한 잔 마시며 창가에 앉아

산에는 함박눈이 내리고 있소.
군불 지피고 차 한 잔 마시고 창가에 앉아
눈 내리는 소리에 귀를 모읍니다.
《생명의 실상》 원서가 있으니 더 보내지 마시오.
보낸 책은 되돌릴 테니 다른 책으로 바꾸어 보도록 하시오.
한 많은 80년이 저물고 있소.
새해에도 건강하여 좋은 날 맞으시오.

세모
불일암에서

세상 살아가는 도리

참으로 지루한 장마입니다
푸른 하늘과 햇빛 본 지 아득한 옛적입니다
어제 비바람에는 파초가 갈기갈기 찢기고
달맞이꽃이 많이 꺾였습니다
높은 곳에 살면 툭 터인 앞을 내다보는 대가로
비바람도 다 받아주어야 합니다
일장일단이란 바로 이런 걸 가리킵니다
이게 다 세상 살아가는 도리이지요
처사님이랑 집안이 두루 청안하신지요
장마철이라 집안일에 열심일 줄 믿습니다
아이들에게는 엄마의 일거일동이
그대로 산교육입니다
집안 너무 비우지 말고
맛있는 것 해 먹이십시오
물론 목소리도 좀 낮추시고요

7월 13일 합장

참으로 지루한 장마철이다
푸른 하늘과 햇볕이 본지 아득
한 옛 정이 이제 비가 내려 비가 빠
이 비 맑고 라초가 기다리기 빠
그 맑은 꽃이 기다리기
다 놓은 곳에 비가 맑이
진 빨래 다 비가 맑이
빠람도 다 살며 갯물
一長 一短이란 때를 이런 것

가히 깨끗이 까는다 세상 살
바깥를 소리를 들으
전 사람 소리는 장마철이 저
바쁘 하신 줄을 더욱 情
아름 얼마 줄이 나 저
아 물 엄마 쯤 일동
어무심 말만 줄만 일 것쯤만
명예비 무물르 맛있 것처
빗추름로 물철 무소리로 조곰해
참 장

법정이 대원성 보살에게

자기 마음이 곧 진불임을 믿으세요

자기 마음이 곧 진불이라는 법문은 보조국사의 수심결(마음 닦는 비결) 첫머리에 나오는 말씀인데 오늘 보살님에게 적절한 법문일 것입니다.

현대인들에게는 교통사고의 확률이 그 어느 때보다도 높은 것은 당연하지요. 특히 차를 많이 이용할수록 그 위험도는 크지요. 그렇다고 부적을 지니면 면한다는 것은 사리에 당치 않은 말입니다. 전 인류가 모두 부적을 지니고 다닌다면 이 지상에 교통사고가 전혀 없어진다는 말인데 현재 지구상에는 똑똑한 사람들이 연탄재만큼이나 많은데 어째서 부적들을 지니지 않을까요? 앞에 말한 자기 본심이야말로 불에 들어가도 타지 않는, 물에 들어가도 젖지 않는 진짜 부적일 것입니다.

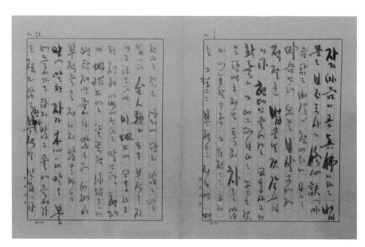

법정이 대도행 보살에게

자기 본성(불성)만 더럽히지 않고 맑히고 있다면 바깥 현상에 속지 않을 것입니다. 관세음보살을 염하라는 것도 그 본심을 지키기 위해서임은 말할 것 없습니다. 그러니 가고 싶은 때는 가고 가기 싫은 때는 가지 않는 게 좋을 것입니다. 모든 걸 인연에 맡기고 유심정토 자성미타를 믿으시겠다는 마음은 부적 같은 데 팔리지 않아야 합니다. 부처님 말씀에는 부적 같은 걸 언급하지도 않았습니다. 중국에 와서 불법을 가장한 와도들이 만들어 놓은 것입니다. 자기 마음이 곧 진불인 줄을 얼마나 굳게 믿는가를 시험하기 위해 앞으로도 부적 사촌 같은 것이 보살님 마음을 떠볼 것입니다.

나무관세음보살

2월 12일 산에서 합장

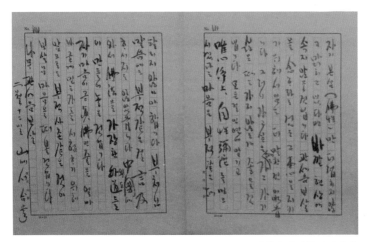

법정이 대도행 보살에게

153

어린이의 마음이 천국일세

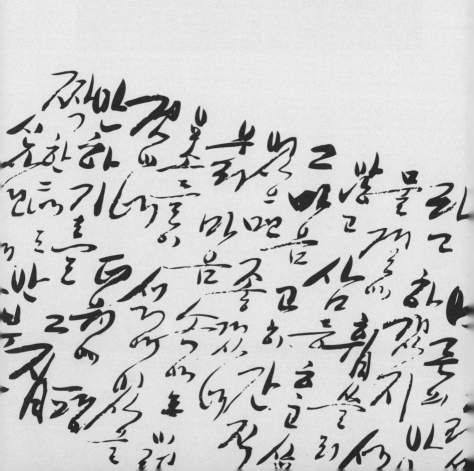

여래향에게

문방구 펼쳐드니 옛 생각 나데

세월은 가도 마음은 그대로인 이 인간사가 미덥네

《천국의 아이들》 전기 있는 곳에 가지고 가

최근에야 보았네.

가난 속에서도 따뜻하고 순진한 어린이의

그 마음이 바로 천국일 것이네.

그래서 어린이를 어른의 아버지라고 하겠지.

세상 물결에 휩쓸리지 않고 삼등하고 싶은 그 마음

고이 간직되었으면 좋겠네.

우리 마음속에도 이런 요소들이 섞여 있을 것이네.

더위에 평안하기를, 그 집 짝한테도 안부를.

신사년(2001) 여름, 법정 합장

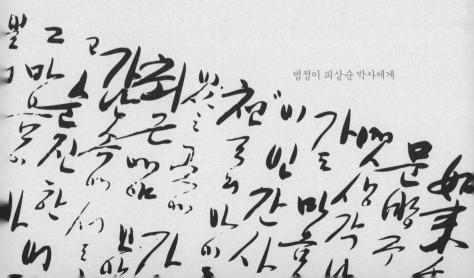

법정이 피상순 박사에게

가을이 선명히 다가서네

열엿새 밤에 떠오르는 달맞이를 했었네

달빛 아래서 후박 잎이 뚝 소리를 내며 낙하를 하데

상순이 열순이 함께 채소밭에 물 길어주니

무 배추들이 생기를 되찾았네

맑은 유리창으로 밖을 내다보니

가을이 선명히 다가서네

법정이 대자화 보살에게

겨울과 산, 나를 들여다보는 시공간

장마철 비가 내리듯 눈 고장인 이곳은 거의 날마다 눈이 내리네.
난로와 아궁이에 군불을 지피고 얼어붙은 개울에서 얼음장 깨고
물 길어오고 땔감 톱으로 켜고 도끼로 빠개는 일이
반은 일과이고 반은 운동이라네.
할 일 없으면 앉아 나를 들여다보고 난롯가에서 책도 읽고
차도 마시면서 산중의 겨울 정취를 음미하고 있네.
요즘 밤으로는 달이 밝아 눈과 달이 뜰에 가득 차 방 안에까지 비
쳐들고 있어
자다가 자주 일어나 창문을 열어 보네.
바깥은 영하 20도를 오르내리는 추위지만 방 안은 훈훈해서 지낼
만하네.
사람 그림자 비치지 않아 내가 곧 산일 수 있네.
오늘은 모처럼 밝은 햇살이 창호에 내리고 있네.
좋은 겨울 보내게.

94년 1월 27일 강원도 오두막에서 합장
대자화에게

법정이 대자화 보살에게

연락 없이 떠나와

연락 없이 홀쩍 떠나와 대단히 죄송합니다.

서울의 삼월 공기가 나로 하여금 결례를 하도록 만들었습니다.

차분하게 말씀드리면 보살님도 이해하실 겁니다.

은영이를 만날 수 있어 좋았습니다. 아주 귀엽게 생겼습니다. 어머님
보다 딸이 잘났다고 하면 보살님은 화내시겠습니까? 하기야 아빠와
엄마한테서 나온 아이이니 부모님이 훌륭하신 분들이지요. 잘 가르
치고 보살펴 일당백이 되도록 하십시오.

봄 씨앗들을 뿌리고 화목을 옮겨 심는 일로 내 손은 바빠지고 있습
니다. 이다음에 오시면 밭에 김 맬 자유를 드리겠습니다. 한가해지
면 말씀하신 글을 써 보내겠습니다.

3월 11일 합장

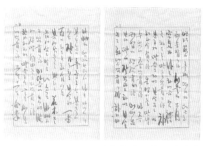

법정이 대도행 보살에게

법정이 박수관 거사에게

외떨어져 사니
근심 걱정이 없네

배가 고파 밥을 먹으니

밥맛이 좋고

자고 일어나 차를 마시니

그 맛이 더욱 향기롭다

외떨어져 사니

문 두드리는 사람 없고

빈집에 부처님과 함께 지내니

근심 걱정이 없네

96년 동지절

법정 희

명진 거사님께

지혜는 곧 행동입니다

보내주신 옷은 감사히 받았습니다. 당장 갈아입었더니 시원하고 감기지 않아 아주 좋습니다. 처사님 표어는 일품입니다. 표어까지 지어서 보내주신 성의 두고두고 잘 입겠습니다.

교양대학 강좌에 나가신다니 좋으신 일입니다. 처사님과 같이 나가시니 더욱 기쁜 소식입니다. 한 가지 명심하실 일은 배워 얻은 지식에만 만족하지 말고 그것을 지혜로까지 심화시켜야 합니다. 즉 일상생활에 행동으로 옮겨 인격화해야 한다는 말씀입니다. 종교란 이론이 아니고 살아서 작용하는 행이어야 하기 때문입니다. 지식에는 행동이 따르지 않아도 별게 아닐지 모르지만 지혜는 곧 행입니다. 그래서 육조 스님도 반야행이라고 강조하신 것입니다.

물 새들어 올 만한 곳은 손을 보았는데 어떨지 아직은 모르겠습니다. 큰 비가 내려 봐야 알 수 있습니다. 날이 갈수록 달맞이는 장관입니다. 은영이 방학 중에 한번 데리고 오십시오. 처사님 형편이 어지간하시면 거족적으로 오시면 더욱 좋고요. 나는 요즘 불교 종립학교 교재 편찬 일로 눈을 혹사시키고 있습니다.

거족적으로 청안하십시오.

7월 7일 산에서 합장

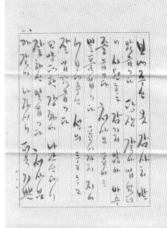
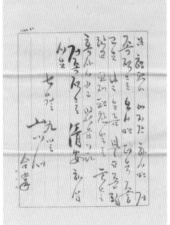

163

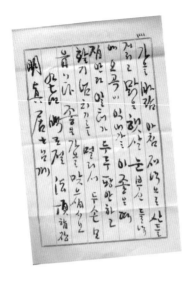
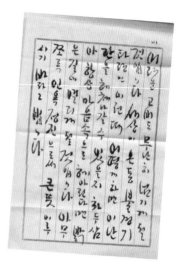

이웃을 부처님으로 여기십시오

가을바람 불어오니 처마 끝에 풍경 소리 자주 들리고 밤으로도 별들이 푸르게 빛을 발합니다. 거사님께서 늘 염려해주신 덕으로 별탈 없이 잘 지내고 있습니다.

지난 초하룻날 길상사에 가서 처음으로 법회를 했습니다. 제대로 도량 기능을 하게 되면 도시 포교로 한몫을 하게 되리라 믿습니다.

보살님과 아이들 집안이 두루 평안하시지요? 그리고 공장 일은 차질 없이 잘 나아가는지요. 궁금합니다. 많은 사람 거느리고 일하다 보면 여러 가지로 애로사항이 많을 것입니다. 그때마다 기도하는 마음으로 이웃들을 부처님과 보살로 여긴다면 어려운 고비도 무난히 넘기게 될 것입니다.

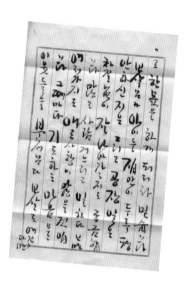
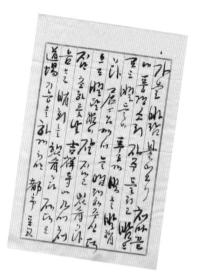

세상이 온통 불경기 타령인데 이런 때 어떻게 하면 이 난관을 헤쳐 나갈 수 있을지 화두 삼아 항상 마음속으로 헤아린다면 밝은 길이 열리게 될 것입니다. 아무쪼록 정진으로써 큰 뜻 이루시기 바라고 빕니다.

가을바람 아침저녁으로 산들거리고 맑은 햇살 눈부신 들녘에 오곡 이 익어가는 이 좋은 때 집안과 일터가 두루 평안하고 활기 넘치시 기 멀리서 두 손 모읍니다. 좋은 가을 맞으십시오.

97년 백로절 법정 합장

명진 거사님께

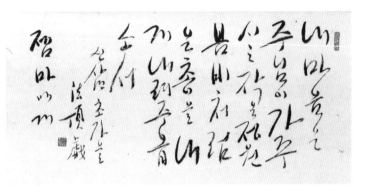

주님이 가꾸시는 마음 정원

내 마음은 주님이 가꾸시는 작은 정원
봄비처럼 은총을 내게 내려주옵소서

신사년 초가을
법정 희(장난)
젬마에게

고통 속에 주님의 말씀이 있습니다

●

법정 스님께서 이해인 수녀님께 보내신 편지다.

이해인 수녀님께

수녀님, 광안리 바닷가 그 모래톱이 내 기억의 바다에 조촐히 자리 잡습니다. 주변에서 일어나는 재난들로 속상해 하던 수녀님의 그늘진 속뜰이 떠오릅니다.

사람의, 더구나 수도자의 모든 일이 순조롭게 풀리기만 한다면 자기 도취에 빠지기 쉬울 것입니다. 그러나 다행히도 어떤 역경에 처했을 때 우리는 보다 높은 뜻을 찾지 않을 수 없게 됩니다. 그 힘든 일들이 내게 어떤 의미가 있는가를 알아차릴 수만 있다면 주님은 항시 우리와 함께 계시게 됩니다. 그러니 너무 자책하지 말고 그럴수록 더욱 목소리 속의 목소리로 기도드리시기 바랍니다.

신의 조영 안에서 볼 때 모든 일은 사람을 보다 알차게 형성시켜주기 위한 배려라고 볼 수 있습니다. 그러나 안타깝게도 사람들은 그런 뜻을 귓등으로 듣고 말아 모처럼의 기회를 놓치고 맙니다. 수녀님, 예수님이 당한 수난에 비한다면 오늘 우리들이 겪는 일은 조그만 모래알에 미칠 수 있을 것입니다. 그러기에 옛 성인들은 오늘 우리들에게 큰 위로요 희망이 아닐 수 없습니다. 그분 안에서 위로와 희망을 누리실 줄 믿습니다.

이번 길에 수녀원에서 하루 쉬면서 아침 미사에 참례할 수 있었던 일을 무엇보다 뜻 깊게 생각합니다. 그 동네의 질서와 고요가 내 속뜰에까지 울려 왔습니다. 수녀님께 진심으로 감사드립니다.

산에는 해질녘에 달맞이꽃이 피기 시작합니다. 참으로 겸손한 꽃입니다. 갓 피어난 꽃 앞에 서기가 조심스럽습니다.

심기일전하여 날마다 새날을 맞으시기 바랍니다. 그곳 광안리 자매들의 청안清安을 빕니다.

불일암의 고요한 뜰이 그립습니다

•

이해인 수녀님께서 법정 스님께 보내신 편지다.

법정 스님께

스님, 오늘은 하루 종일 비가 내립니다. 비오는 날은 가벼운 옷을 입고 소설을 읽고 싶으시다던 스님, 꼿꼿이 앉아 읽지 말고 누워서 먼 산을 바라보며 두런두런 소리 내어 읽어야 제 맛이 난다고 하시던 스님. 가끔 삶이 지루하거나 무기력해지면 밭에 나가 흙을 만지고 흙냄새를 맡아 보라고 스님은 자주 말씀하셨지요.

며칠 전엔 스님의 책을 읽다가 문득 생각이 나 오래 묵혀 둔 스님의 편지들을 다시 읽어 보니 하나같이 한 폭의 아름다운 수채화를 닮은 스님의 수필처럼 향기로운 빛과 여운이 남기는 것들이었습니다.

언젠가 제가 감당하기 힘든 일로 괴로워할 때 회색 줄무늬의 정갈한 한지에 정성껏 써 보내주신 글은 불교의 스님이면서도 어찌나 가톨릭적인 용어로 씌어 있는지 새삼 감탄하지 않을 수 없었습니다.

수년 전 저와 함께 가르멜 수녀원에 가서 강의를 하셨을 때도 '눈감고 들으면 그대로 가톨릭 수사님의 말씀'이라고 그곳 수녀들이 표현했던 일이 떠오릅니다. 왠지 제 자신에 대한 실망이 깊어져서 우울해 있는 요즘의 제게 스님의 이 글은 새로운 느낌으로 다가오고, 잔잔한 깨우침과 기쁨을 줍니다.

어느 해 여름, 노란 달맞이꽃이 바람 속에 솨아솨아 소리를 내며 피어나는 모습을 스님과 함께 지켜보던 불일암의 그 고요한 뜰을 그리워하며 무척 오랜만에 인사 올립니다.

이젠 주소도 모르는 강원도 산골짜기로 들어가신 데다가 난해한 흘림체인 제 글씨를 늘처럼 못마땅해 하시고 나무라실까 지레 걱정도 되어서 아예 접어 두고 지냈지요.

스님, 언젠가 또 광안리에 오시어 이곳 여러 자매들과 스님의 표현대로 '현품 대조'도 하시고, 스님께서 펼치시는 '맑고향기롭게'의 청정한 이야기도 들려주시길 기대해 봅니다. 이곳은 바다가 가까우니 스님께서 좋아하시는 물미역도 많이 드릴 테니까요.

산은 성큼 한겨울입니다

꽃삽 감사히 전해 받았습니다.
오랜만에 낯익은 편지 글씨 대하니 반가워요.
요즘도 왕성한 식성이어요?
건강이 제일이니 즐겁게 먹고 일 많이 하세요.
한 차례 큰 눈이 내리고 나더니 산은 성큼 한겨울입니다.

11월 20일 법정 합장
구름 수녀님 앞

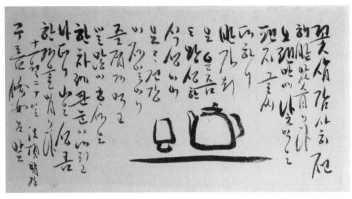

법정이 이해인 수녀에게

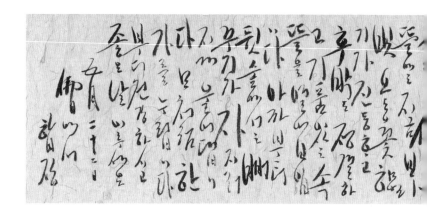

우리 만난 지 오래됐어요

수녀님께

《게으름의 찬양》받아서 잘 읽고 고맙다는 엽서 띄웠었는데요,

지난 4월과 5월은 동분서주했습니다.

내일부터 여름철 안거에 들어가기 때문에 비로소 한적을 되찾게 됐어요.

우리 만난 지 오래됐어요.

기회 됐을 때 한번 다녀가세요.

언니 수녀님도 건강하신지요.

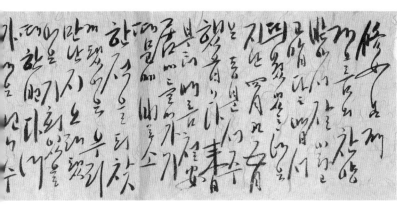

법정이 이해인 수녀에게

불일의 뜰에도 지금 보랏빛 오동꽃 향기가 진동하고
후박도 정결하고 기품 있는 속뜰을 열어 보입니다.
아까부터 뒷숲에서도 뻐꾸기가 자지러지게 울어댑니다.
모처럼 한가를 누립니다.
부디 건강하시고 좋은 날 이루세요.

5월 22일 불일에서 합장

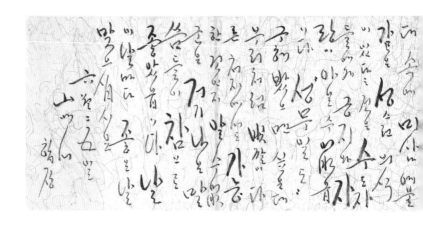

날이 날마다 좋은 날 맞으십시오

산에는 연일 흐리고 비가 내립니다.

빗속에서도 달맞이는 피어납니다.

이런 계절이 사람한테는 귀찮고 따분한 계절이지만 나무들은 이때

자랍니다.

그러니 견딜 수밖에요.

그림엽서와 우표 감사히 받았습니다.

수녀님의 조촐한 정성에 그저 감사할 뿐입니다.

법정이 이해인 수녀에게

그날 아침 미사에 참례하고 받은 느낌이 아직도 생생합니다.

닳아져가는 삭막한 현대 속에 미사나 예불 같은 성스런 의식이 있다는 것은

수도자들에게 긍지와 자랑이 아닐 수 없습니다.

《성무일도》구해 봤으면 싶은데 우리처럼 빛깔이 다른 처지에서도 가능한 것인지 알 수 없군요.

거기 나온 말씀들이 참으로 좋았습니다.

날이 날마다 좋은 날 맞으십시오.

6월 25일 산에서 합장

산승의 편지

●

이 글은 법정 스님이 생전에 펴낸 에세이집에 실려 있던 것이다. 내가 보낸 편지가 스님의 글감이 되었다는 사실을 알고는 슬며시 미소를 지었던 기억이 난다. 좋은 글은 언제 어느 곳에 옮겨 놓아도 맑은 향기를 뿜는다. 그동안 내 마음에 간직해오며 홀로 꺼내어 보던 이 글을 여기에 다시 옮긴다.

입추가 지나면서 밤으로는 풀벌레 소리가 한층 여물어지고, 밤하늘 별자리도 또렷해졌다. 뜰에 내다 놓은 돗자리에 누워 별을 쳐다보면서, 별과 달이 없다면 밤이 얼마나 막막하고 삭막할까를 생각했다. 별과 달은 단순히 어둠을 밝히는 빛이 아닐 것이다.
한낮의 분주한 활동을 통해서 지치고 메마르고 거칠어진 우리의 삶을 푸근하게 감싸 주고, 안으로 정서와 사유의 뜰을 넓혀 주는 일도 한다.
한낮의 더위에 기가 죽어 있던 나무나 풀들도 어둠이 내리면, 숲과 강에서 보내오는 서늘한 바람에 생기를 되찾는다. 낮과 밤은 살아 있는 모든 것들에게 활동과 휴식의 터전을 마련해 주고 있다. 별이 돋고 달이 떠 있는 밤은 우리들 삶의 축복일 뿐 아니라, 허겁지겁 쫓기듯 살아온 일상을 되돌아보게 한다.

우리가 무엇을 위해 살고 있는지, 우리에게 허락된 유한한 세월을 어떻게 소모하고 있는지 스스로 묻게 한다. 이런 되돌아봄과 반성의 시간이 없다면 브레이크가 고장 난 차처럼 우리는 인생의 종점을 향해 그저 곤두박질치는 것이나 다름이 없을 것이다.

며칠 전, 올 여름 안거를 한 산중의 선원에서 보내고 있는 현장 스님한테서 편지가 왔었다. 다래헌茶來軒 시절, 갓 고등학교를 졸업한 그가 나를 찾아와 입산출가의 뜻을 말했을 때, 송광사의 한 노스님을 찾아가 가르침을 받으라고 소개해 주었었다.

그는 우리 불일암佛日庵이 개원되던 날 사미계를 받고 중이 되었다. 그러니 불일암과 함께 그의 수도도 연륜이 쌓여진 셈이다. 그의 편지는 다음과 같이 서술된다.

큰스님의 제자가 되었으면서도 공부에 대한 감도 잡지 못하고 15년 세월을 보내 왔습니다. 준비되지 않은 사람에게는 부처님이 곁에 계실지라도 어떻게 할 수 없다는 생각을 요즘 합니다. 처음 맞이한 여름 안거, 축복 속에 두 달이 지나고 사흘이 지났습니다. 저에게 있어서는 이제까지 모든 삶의 과정들이 금년 여름 안거를 위해서 준비되어 왔다는 생각을 갖게 합니다.

요가난다의 말에 따르면, 구도자에게 첫 번째 축복은 허리를 통해서 온다고 했는데, 그 이치를 요즘 느끼고 있습니다. 좌선 중 척추에 흐르는 미묘한 기운을 느끼면서부터 기쁨과 기운이 솟아납니다. 기쁨과 기운이 넘쳐나니 음식에 대한 욕구가 사라지고, 음식에 대한 욕구에서 벗어나니 온갖 물질세계와 세속적인 갈망이 녹아 버리는 것을 느낍니다.

반결제(90일 안거의 절반되는 때)부터 일종식(하루 한 끼만 먹음. 日中食에서 온 말)을 해 오다가 열흘 전부터 단식을 시작했는데 3일 만에 숙변宿便이 빠지면서 몸과 마음의 기운이 하나로 통하고, 몸의 무게를 전혀 느끼지 못할 정도입니다.

흰죽만을 하루 반 그릇 정도 4일간 보식補食하고 요즘 다시 일종식으로 살아갑니다. 찬도 김, 버섯, 찌개, 고추 등은 몸이 받아들이지 않고 밥 한 공기 정도와 나물 몇 가지, 국물 조금이면 하루 양식으로 넉넉합니다.

기쁨과 광명의 세계를 흘낏 들여다보고 나니 인간의 양식은 빛과 기쁨임을 알겠습니다. 고요와 기쁨과 광명이 함께하니 피곤함과 졸음과 배고픔이 사라집니다. 이것이 선열위식禪悅爲食인가 싶으니 눈물이 한 번씩 솟기도 합니다.

그는 올 여름 안거 동안 귀한 체험을 하고 있다. 진실하게 정진하는 수행자들이 거치는 원초석인 체험이다. 먹는 일에 동물적인 관심을 기울이고 있는 사람들에게는 선열위식, 즉 선정禪定의 기쁨으로 음식을 삼는다는 말이 이해되지 않을 것이다.

그러나 사람이 살과 뼈로 된 육체만이 아니라 영혼의 부분도 있다는 사실을 상기할 때 인간의 양식은 빛과 기쁨임을 알게 될 것이다. 시람이 가장 순수하고 맑아질 때 나도 모르게 눈물이 솟는 것은 사랑과 감사의 넘침이다. 현대인에게 눈물이 사라지고 있음은 이 맑고 순수함이 사라져간다는 뜻이고, 사랑과 감사의 염이 고갈되어 있다는 소식이기도 하다. 그의 편지는 계속된다.

> 좌선을 위한 좌선, 오로지 좌선에만 전념함只管打坐], 몸과 마음이 함께 자유로워짐心身脫落], 큰 안락의 법문 등의 이치를 하루하루 체득해 가는 기쁨이 있습니다. 공부하는 사람은 계율을 깨뜨리는 일이 참으로 어렵다는 법문에 크게 공감합니다.

충민감과 자비심으로는 계율을 파할 수가 없지요. 그래서 수도생활을 기쁨의 길, 축복의 길이라고 부르는가 봅니다. 우리 수좌들(선원에서 정진하는 선승들)의 현상을 보면 깨달음과 견성見性에 대한 갈망이 도리어 본래부터 열려 있고 지금 넘쳐나는 엄연한 원래의 모습에 눈멀게 하는 것 같습니다. 마치 잠들려고 애쓰면 애쓸수록 잠을 이룰 수 없듯이 부처를 구하고 신을 찾는 일이 갈망과 욕구의 응어리가 되어 벽을 만듭니다.

구도자를 인도에서는 산야신sanyasin이라고 하는데, 그 뜻은 '포기한 자'입니다. 몸과 마음과 호흡이 가장 조화롭고 자연스러워 인위적인 요소가 개입되지 않을 때 몸과 마음이 사라짐을 보았습니다.

한번 찾아뵙고 싶지만 해제 때까지 잘 지내겠습니다. 제게 있어서는 도원 선사道元禪師의 가르침이 가장 확연하게 다가옴을 느낍니다. 이제부터 저는 수도(서울)생활을 청산하고 새로운 수도修道생활을 시작하려고 합니다. 이제 출가하고, 이제야 불법을 만난 느낌입니다. 당분간 이곳에 머물면서 선정과 자비를 키워 가겠습니다. 해제일에 찾아뵙겠습니다. 법체 청안하심을 빕니다. 삼배.

이 편지를 받고 이튿날 아침 나는 맑은 정신으로 그에게 다음과 같은 회신을 써 보냈다.

편지 받아 두 번 기쁘게 읽었소. 선열禪悅로써 음식을 삼는 것 같아 전해 듣는 마음도 함께 기쁩니다. 몸은 출가했으면서도 마음으로 선정의 기쁨을 느끼지 못한다면 어찌 출가 장부가 될 수 있겠소. 출가수행자는 모든 기존의 틀에서 거듭거듭 털고 일어서야 합니다. 우리가 무엇 때문에 세속의 집을 등지고 출가를 했는지 시시로 되돌아본다면, 부질없이 허송세월하면서 꿈속에서 지낼 수가 없을 것이오. 출가수행자에게는 내일이 없어야 합니다. 그 '내일' 때문에 얼마나 많은 세월을 미루면서 허송해 왔는지 내 자신도 이따금 후회합니다.

늘 '지금 이 자리에서 이렇게' 살아야 합니다. 그리고 꽃처럼 날마다 피어나야 합니다. 가난과 고요와 평안과 정진이 수행자의 몫이 되어야 합니다. 도원 선사의 법문에 공감한다니 반갑습니다. 본증묘수本證妙修, 불염오不染汚의 정진을 명심하시오. 새삼스럽게 깨닫기 위해서 닦는 것이 아니라 본래의 밝음(깨달음)을 드러내기 위해서 닦음이고, 닦지 않으면 더럽히니까 항상 정진하는 것이오.

그래서 좌선을 일러 큰 안락의 법문이라고 한 것이오. 휴정[休靜] 선사도 말씀했듯이 자기 자신의 근본인 진심[眞心]을 지키는 것으로써 첫째가 되는 정진을 삼아야 합니다. 한때의 기쁨과 축복의 체험에 만족하지 말고 더욱 분발하기 바랍니다. 더 멀리 내다보려면 다시 한층 높이 올라가야 합니다. 될 수 있는 한 말 적게 하고, 잠 덜 자고, 음식 덜 먹는 것이 수도생활을 기쁨과 축복의 길로 이끌어 갈 것입니다.

진정한 수행은 새로운 이해에로 나아가는 자아교육의 과정입니다. 이 과정을 통해서 우리들의 삶은 보다 풍요로워지고 더 이상 방황하거나 두려움에 사로잡히지 않게 됩니다. 진실한 수행은 스스로 발견해 나가는 내밀한 행위이며 눈뜸[開眼]입니다.

올 여름 안거 중에 모처럼 기쁜 소식을 받으니 내게도 기운이 솟는 것 같습니다. 해제의 기쁨을 함께 누립시다. 탈 없이 일념으로 정진하길 바랍니다.

1989년 9월, 법정 합장

스님, 연꽃으로 오십시오

●

법정 스님께서 열반에 드셨을 때 이해인 수녀님께서 맑고 향기롭게 재단으로 보내오신 추모사다.

언제 한번 스님을 꼭 뵈어야겠다고 벼르는 사이 저도 많이 아프게 되었고 스님도 많이 편찮으시다더니 기어이 이렇게 먼저 먼 길을 떠나셨네요.

2월 중순, 스님의 조카 스님으로부터 스님께서 많이 야위셨다는 말씀을 듣고 제 슬픔은 한층 더 깊고 무거워졌더랬습니다. 평소에 스님을 직접 뵙진 못해도 스님의 청정한 글들을 통해 우리는 얼마나 큰 기쁨을 누렸는지요! 우리나라 온 국민이 다 스님의 글로 위로받고 평화를 누리며 행복했습니다. 웬만한 집에는 다 스님의 책이 꽂혀 있고 개인적 친분이 있는 분들은 스님의 글씨를 표구하여 걸어 놓곤 했습니다. 이제 다시는 스님의 그 모습을 뵐 수 없음을, 새로운 글을 만날 수 없음을 슬퍼합니다.

"야단맞고 싶으면 언제라도 나에게 오라"고 하시던 스님, 스님의 표현대로 '현품대조'한 지 꽤나 오래되었다고 하시던 스님, 때로는 다정한 삼촌처럼, 때로는 엄격한 오라버님처럼 늘 제 곁에 가까이 계셨던 스님. 감정을 절제해야 하는 수행자라지만 이별의 인간적인 슬픔은 감당이 잘 안 되네요. 어떤 말로도 마음의 빛깔을 표현하기 힘드네요.

사실 그동안 여러 가지로 조심스러워 편지도 안 하고 뵐 수 있는 기회도 일부러 피하면서 살았던 저입니다. 아주 오래전 고 정채봉 님과의 TV 대담에서 스님은 '어느 산길에서 만난 한 수녀님'이 잠시 마음을 흔들던 젊은 시절이 있었다는 고백을 하신 일이 있었지요. 전 그 시절 스님을 알지도 못했는데 그 사람이 바로 수녀님 아니냐며 항의 아닌 항의를 하는 불자들도 있었고 암튼 저로서는 억울한 오해를 더러 받았답니다.

1977년 여름 스님께서 제게 보내주신 구름 모음 그림책도 다시 들여다봅니다. 오래전 스님과 함께 광안리 바닷가에서 조가비를 줍던 기억도, 단감 20개를 사들고 저의 언니 수녀님이 계신 가르멜 수녀원을 방문했던 기억도 새롭습니다.

어린왕자의 촌수로 따지면 우리는 친구입니다. '민들레의 영토'를 읽으신 스님의 편지를 받은 그 이후 우리는 나이 차를 뛰어넘어 그저 물처럼 구름처럼 바람처럼 담백하고도 아름답고 정겨운 도반이었습니다. 주로 자연과 음악과 좋은 책에 대한 의견을 많이 나누는 벗이었습니다.

'……구름 수녀님, 올해는 스님들이 많이 떠나는데 언젠가 내 차례도 올 것입니다. 죽음은 지극히 자연스러운 생명현상이기 때문에 겸허히 받아들일 수 있어야 할 것 같습니다. 그날그날 헛되이 살지 않으면 좋은 삶이 될 것입니다……. 한밤중에 일어나(기침이 아니면 누가 이런 시각에 나를 깨워주겠어요) 벽에 기대어 얼음 풀린 개울물 소리에 귀를 기울이고 있으면 이 자리가 곧 정토요 별천지임을 그때마다 고맙게 누립니다…….'

2003년에 제게 주신 글을 다시 읽어 봅니다. 어쩌다 산으로 새 우표를 보내드리면 마음이 푸른 하늘처럼 부풀어 오른다며 즐거워하셨지요. 바다가 그립다 하셨지요. 수녀의 조촐한 정성을 늘 받기만 하는 것 같아 미안하다고도 하셨습니다.

누군가 중간 역할을 잘못한 일로 제게 편지로 크게 역정을 내시어 저도 항의 편지를 보냈더니 미안하다 하시며 그런 일을 통해 우리의 우정이 더 튼튼해지길 바란다고, 가까이 있으면 가볍게 안아주며 상처 받은 맘을 토닥이고 싶다고, 언제 같이 달맞이꽃 피는 모습을 보게 불일암에서 꼭 만나자고 하셨습니다.

이젠 어디로 갈까요, 스님.

스님을 못 잊고 그리워하는 이들의 가슴속에 자비의 하얀 연꽃으로 피어나십시오.

부처님의 미소를 닮은 둥근 달로 떠오르십시오.

시작할 때 그 마음으로

법정이 우리의 가슴에 새긴 글씨

초판 1쇄 발행 2017년 1월 3일
초판 8쇄 발행 2024년 6월 1일

엮은이 현장

발행인 정중모 　　　　　　　출판등록 1980년 5월 19일(제406-2000-000204호)
발행처 도서출판 열림원 　　　주소 경기도 파주시 회동길 121 (문발동)
임프린트 책읽는섬 　　　　　　전화 031-955-0700　 팩스 031-955-0661
　　　　　　　　　　　　　　　홈페이지 www.yolimwon.com
　　　　　　　　　　　　　　　전자우편 editor@yolimwon.com
　　　　　　　　　　　　　　　페이스북 /yolimwon

● 책읽는섬은 열림원의 임프린트입니다.
● 저자와 출판사의 서면 허락 없이 내용의 일부를 무단 인용하거나 발췌하는 것을 금합니다.
● 이 도서의 국립중앙도서관 출판예정도서목록은 서지정보유통지원시스템 홈페이지(seoji.nl.go.kr)와
　국가자료공동목록시스템(nl.go.kr/kolisnet)에서 이용하실 수 있습니다.(CIP제어번호: CIP2016028578)
● 책값은 뒤표지에 있습니다. 잘못된 책은 구입하신 곳에서 교환해 드립니다.

ISBN 978-89-7063-801-0 03810

만든 이들 _ 편집 이양훈　 표지 디자인 한혜진　 본문 디자인 홍상만